ソープ行ったら
教え子のお嬢様にご奉仕されました
愛内なの
イラスト：能都くるみ
ぷちぱら文庫
creative
paradigm

プロローグ 俺のお気に入り

俺——天満克己《てんまんかつみ》は、担任するクラスのＨＲを終えて、職員室へと戻ってきていた。

放課後になれば解放される学生とは違い、教師はまだまだ、やることが多い。

週末ともなると、部活の顧問をしていなくても、帰りはどうしても遅くなる。

休みの日でさえ、持ち帰った仕事や授業の準備があって、プライベートで使える時間は少ない。

それに暇な休日であっても、学生時代のように気楽に、気ままに過ごすことは難しい。

教師という仕事柄、色々と街中でも気を遣わないといけない。

だから結構、ストレスが溜まる。

そんなときの発散方法は、人それぞれだろう。

ある人は、スポーツで汗を流すのが良いという。

ある人は、気の向くままに晩酌をするのが一番だという。

俺も教員同士での会話では、趣味は映画鑑賞だと言っている。

しかし、それは表向きの話だ。

実際のストレス発散法は、とても胸を張って言えるものではない。

俺の本当のストレス対策――それは、風俗店へ行くことだからだ。

もともと性欲は強めで、学生時代はもちろん毎日のように、しかも何度も自慰をした。

成人になってからは迷いなく風俗に通いまくった。

そして中年も見え始めたこの歳になってもその傾向は続き、時間があれば確実に風俗街へと繰り出していた。

一般的に、教師が風俗通いをしていたら、問題になる。

教え子たちを教え導く聖職であること。良識ある大人であり、社会人としての規範を示す存在であること。なによりも、教え子に手を出すような真似をする人間ではないと証明するためにだ。

他にも理由を挙げようと思えば、いくつ追加されるかわからない。

しかし、教師といっても、聖人君子なわけではない。

人間である以上、性欲はどうしてもあるのだ。

それをコントロールし、解消してこその『大人』であり、きちんとした仕事をこなす、『教師』をできるのだと俺は思っている。

そこを自分では解消できずにこじらせるとか、安上がりにエロいことがしたいと思うやつがいるから、教師の淫行犯罪が後を絶たないのだ。

まあ、元からロリコンだというやつもいるだろうが、それは問題が違いすぎるのでまた別の話だろう。

それでなくとも、俺の職場は女子校だった。

そういう間違いがありがちな場所ではあるが、もちろん、そんなことは『絶対にあってはならない』場所である。

もっとも、生徒に手を出す馬鹿な教員は、実は一定数いる。時々急に退職したり、音信不通になったりするのは、ほぼそういうことが理由だったりもした。

だからこそ、俺は自分をコントロールするために風俗へ行き、性欲を発散している。

そのおかげで、周りに若い女が大勢いても、平静に過ごすことができるのだ。

いわばこれはもう、セルフメディケーションといってても過言ではない。

そんな戯言で自分を正当化しつつ、今日も夜の繁華街を歩く。

行き先はもちろん、通い詰めている行きつけの店だ。

本来の俺は、ひとつの店に固執することはない。

だが最近は、ずっとその店だけを選んでいた。

そうなった理由。

それは――。

「いらっしゃいませ、先生。今日もマユを指名してくれて、ありがとうございます♥」

艶のあるきれいな黒髪を揺らしながら、嬉しそうな笑顔を浮かべて、彼女は俺の胸に飛び込んできた。

「えっ？　お、おう……」

俺は軽く戸惑いながら〝マユ〟を受け止める。

こういう場所に慣れてないわけじゃないが、こんなにフレンドリーで、かつ楽しそうに出迎えられたことはなかったので、対応に少し困ってしまう。

しかも、見慣れた制服姿の少女に抱きつかれたりすれば、教員である俺が複雑な気分になるのも、しかたのないことだろう。

「あれ～？　どうしたんですか～？　なんだか顔が赤いですねー♪」

「くっ……からかい上手だな。マユは」

「ふふ♪　先生だけですよ。こんなふうに、からかったりするのは♥」

まるで友達のような対応。

だがそれが、俺にとっては心地良かった。

俺がこうして毎日のように、この店に足繁《あししげ》く通うのは、彼女――マユがいるからだった。

それはもちろん、彼女を気に入っているというのもあるが、会いに来ないと色々と心配になる理由もあった。

「さあ、今日の部屋はこちらですよー♪」

「え？　まだ俺、決めてな……ちょっ⁉」

腕に抱きついた彼女が強引に俺を引っ張って、プレイルームへと連れ込んでいく。

こうしてまた俺は、マユからのほぼ強制的なサービスを受けることになった。

もっとも、一応は抵抗してみせるが、そのことを本気で不満に感じているわけじゃない。

マユに案内された場所は、何度もこの店に通っている俺でも、初めて見る部屋だった。

「へえ……こんな部屋があったのか……」

「この部屋、新しく作った部屋なんですって。だからぜひ先生に味わってもらいたくて、予約しておいたんです♪」

「わざわざ予約を？　それはありがたいな」

「まあでも、私も使ってみたかったっていうのが本音ですけどね♥」

「はは、素直だな」

そうやってちゃんと白状するところが可愛く、許せてしまう。

「しかし、普通の部屋をイメージしてるとはな……」

このプレイルームのコンセプトは、『俺の部屋』らしい。

確かにひとり暮らしの男性の部屋をモチーフにした感じではある。

だが俺から見ると、ちょっと散らかっていて汚い。

大抵の男はこんな部屋なんだろうか？

残念ながら、部屋を行き来して遊ぶような友人はほとんどいない。それに、知っている相手は全てそれなりに綺麗好きなので、印象がかぶらない。

ともあれ、世間一般の男がひとり暮らしをしている部屋のイメージ通りと言えば、イメージ通りなのだろう。

その部屋でお気に入りの女の子とイチャイチャできるのは、デート感覚があって色々と捗《はかど》りそうだった。

この店は軽いシチュエーション系が楽しめる場所で、この他にも浴室プレイや電車プレイ、青姦プレイなんかもあったりする。

「さあ、こちらへどうぞ」

マユに促され、真新しいベッドに横に並んで一緒に座る。

その仕草で彼女から届くフローラルないい香りに、少しだけ消毒液の匂いが混ざっていて、鼻をくすぐった。

しかしその嗅ぎ慣れた香りを吸い込むと、俺はすぐに、オスのスイッチが入る。

「それで、今日はいつも通りにします？　それとも……」

上目遣いでそう言いながら、彼女が股間に手を当てて、さすってくる。

「おふっ……そ、そうだな……俺は――」

「はいっ♪　特別サービスですよね♥」

「言う前に決まっているんだが……まあでも、それを頼もうか。もちろん秘密で」

「ふふっ♪　かしこまりました♥」

マユは笑顔のまま軽くお辞儀すると、すぐに俺のズボンを脱がしてくる。

「わぁ……こんなに膨らませて。苦しかったんじゃないですか？　いますぐ開放してあげますからね♥」

「お、おお……」

すでにビンビンに勃起している肉棒を、マユがその細い指で包み込んでしっかりと握ってくる。

「まだなにもしてないのに、こんなに興奮しちゃって……エッチなんですから♥」

まるで観察するように、掴んで放してを繰り返しながら感触を確かめる。

「んんぅ……とっても熱い……やけどしちゃいそうですよ、先生♥　ちょっと冷ましてあげましょうね」

「え？　あふっ」

準備していたローションをもう片方の手で持つと、高い位置からこれみよがしに肉棒へ垂らしてきた。

その程よい冷たさもまた、実に気持ちいい。

「これで滑りやすくなりました♪　では……♥」

「うおっ⁉　くうぅ……」

手慣れているというか、男のツボがわかっているというか、竿を握る指の力加減が絶妙だ。

しっかりと掴んだまま、手をゆっくりと動かしていく。

「はぁ……とっても元気に、オチンポが脈動してるのが伝わってきます……」

からかい半分、興奮半分といったような口調で、マユが言う。

「くっ……それはまあ、マユの手コキのテクニックは素晴らしいからな」

「ありがとうございます。でもそれだけじゃないですよね？」

「それだけじゃって……？」

「こんなに興奮してるのは……もしかして、授業中にも生徒を見ながら硬くしているからなんじゃないですか？　先生♥」

「そ、そんなわけないだろう……」

と否定しつつも、今までの教員生活の中で、多少あったことは間違いない。

「ふふ、どうだか♪」

どうやらバレバレのようだ。

でもそれを深く追求しないあたり、さすがは、男の扱いをよくわかっている。

「んんぅ……こうして話している間も、今日のことを思い出して興奮してるんでしょう？　はあぁ……本当にいやらしくて素敵なオチンポです♥」

「あぐっ……そうやって、卑猥な言葉で煽ってくるのも、原因なんだけどな」

「まあ……。じゃあ今度は授業中に、そういうことを言わせるプレイをしましょう」

「するわけないだろ、そんなこと……くぅ……」

軽く言っているが、教師相手にそのプレイは正直、犯罪だろう。

とはいえ、俺が授業中に欲情していることを彼女に知られても、あまり問題はない。

なので今この瞬間は、安心してプレイに集中できていた。

「あぁ……もう軽く、ピクンってしてきちゃってますね。かわいいっ♥」

「うぐっ……やっぱりマユの手コキは、すごいな」

握る力に強弱をつけ、巧みにスナップをきかせて扱く。

マユの細い指が竿を撫で、擦りながら上下に行き交う刺激に、興奮が昂ぶっていく。

「ほら、このネバネバ。ぬるぬるのカウパーですね♪　ふふ……もう涙を出して、喜んじゃってるんですか？」

今までの風俗通い経験の中でも、彼女はかなり上手いほうだ。

さすがは指名の多い嬢。いったいこのテクニックで、どれだけの男を骨抜きにしてきたのだろう。

しかも、彼女の扱きテクはそれだけじゃない。

「ふあっ、ああ……先生のたくましいオチンポぉ……触ってるだけで、たまらなくなってきちゃうぅ……♥」

俺の肉棒を扱きつつ、見せつけるようにして、自分でオナニーまでしている。

男性と一緒に気持ち良くなりたい。

それが彼女のスタイルであり、大抵の客は喜んでくれるそうだ。

もちろんその客のひとりは俺なのだが。

「んんっ、んくぅ……やんぅ……本気のエッチなお汁が溢れてきちゃうぅ……ふあぁ……あぁぁっ♥」

その濡れていく指先と、きれいなピンクの膣口を見せられると、物理的にだけでなく、視覚的にも興奮してしまう。

やはりマユは、男の扱いがよくわかっている。

「くっ、やばい……もう……」

ここでさらに手コキを加速すれば、だいたいの男はフィニッシュだ。

「うっ⁉」

「あはっ♪　本気のピクピクきちゃいましたね♥」

サービス満点のものすごくいい手コキ。

だが、これが『特別サービス』というわけではない。

「はい、それじゃ横になってくださいね～～♪」

「あ……おうっ⁉」

やや無理やりに、ベッドに寝かされた。

「そろそろ本番いっちゃいましょう♥」

そう、これが彼女の『特別サービス』だ。

つまり、本番――セックスをすることができるのだ。

もちろんこの店では、そういうプレイは許していないし、すれば怖いお兄さんが来る。

だが、相手をしている嬢が黙っていれば、その限りじゃない。

客と嬢との間の特別な約束だ。

普通ならば、その人が太客だとか、なにかのお礼にだとか、イケメンだからとかの理由がない限り、そういう関係なることはまずない。

だが俺たちには、客と嬢を超えた本当に『特別』な関係があった。

「んふーっ、んふふふふっ♪」

そんなマユの鼻息が、なんだか今日はものすごく荒い。

もしかして実はマユのほうが、『特別サービス』をしたかったんじゃないだろうか？

そんなふうに考えてしまうくらいに彼女は興奮し、そして楽し気に笑っている。

「えーっと……マユ？　これは――」

「先生はそのままでいいですからね。あとはすべて私にまかせてくださいっ♥」

そんな疑惑を確かめる前に、マユは飛び乗るようにして俺に跨《また》がってきた。

そうなれば、当然のようにガチガチに勃起している俺のペニスはオマンコ――その膣口と触れ合うことになる。

「んくっ、ふあぁ……わかりますか？　私の入り口にみっちりと亀頭がめり込んじゃってますぅ……」

目尻をとろりと下げてそう言うと、さらに腰を下ろしてくる。

「く……！」

入り口を押し広げながら、肉棒が彼女の膣内へと入っていく。

「あ……はぁんっ♥　んうぅ……先生の、太～いっ♥」

「くぅ……俺のがというより、マユのマンコが締めつけてるからだろ」

「あはっ♪　だって、先生のオチンチンが欲しくて、勝手に締まっちゃうんですぅ……んくぅ……このまま全部ぅ……んはあぁっ♥」

熱っぽい吐息と共に、マユはお互いの股間が密着するように腰を下ろした。

「うわ……ぬるぬるで、めちゃくちゃ熱くなってるじゃないか……」

ぐちょぐちょに濡れた膣肉が俺のモノを包みこみ、締めつけてくる。

「んあっ♥　はあっ、あくうぅ……やっぱりこのオチンポ、キクぅ♥」

深く繋がった状態のまま、マユが腰を軽く前後に揺する。

「んんっ、んんぅ……このグイグイって奥まできちゃうの、たまりませんっ♥」

「軽くオナニーしたくらいでこんなになるなんて……もしかして、俺が来る前からしてたんじゃないか？」

「あっ、ん……♥　先生が来るのを待ってる間、暇だったから、ちょっとおもちゃで遊んでたんです♥　んんぅ……私もこの部屋が楽しみだったから♥」

どうやら俺と同様に、彼女もヤりたくてしかたがなかったらしい。

特別サービスはやはり、マユが望んだことのようだ。

「んんっ、んふぁあぁ……こうしてオマンコの中で先生のを感じると、お腹の奥がキュンってしちゃうぅ……」

マユはうっとりとした顔をして、円を描くように腰を動かし、膣内で肉棒の感触を確かめているようだ。

「んくっ、ふあぁ……んんぅっ♥　いいところにガッチリきちゃってるぅっ♥」

「くうぅ……マユのマンコ、熱くキュッと締まって、やばいな……」

そのプリプリとした肉襞に包みこまれ、擦れ合う刺激と、自在に締まり蠕動をする膣道の動きがたまらない。

「あんっ♥　まだイっちゃダメですよ？　ふふふ……ここからが一番のサービスなんですからっ♥」

そう言って目を輝かせると、腰をふわりと浮かせ——。

「んんぅっ♥　んはあぁ……あぁぁんっ♥」

俺に跨がったまま、マユが自分から跳ねるように腰を動かし始める。

「んあぁぁっ♥　ゴリゴリのオチンポっ、中でいっぱい擦れるぅっ、♥　ふあっ、はぁっ、ああっ♥」

まったく遠慮することなく、最初から腰を思いっきり振ってくる。

その勢いに乗って、綺麗な黒髪が楽しそうに踊り、柔らかいお尻が密着してくる。

「んくっ、んんぅ……あんっ、先生も気持ちいいですか？　んんぅ……ふあっ、はぁぁんっ！」

動きながらも、俺の様子を確かめるように肩越しに振り向く。

そのときのしなやかに曲がる腰のくびれと、柔肌が美しい背中のラインが、妙に色っぽい。

「ああ、いつもどおり最高だ」

「んはっ、はあぁんっ♥　よかった……もっともっと、サービスしちゃいますねっ♥　んっ、んんぅっ♥」

　ＪＫ制服の風俗嬢の蜜壺は、しっかりと肉棒を咥えこみ、淫らなおねだりを繰り返してくるのだった。

「んっ、んんっ、あうっ、んはあぁっ♥」

　かなり大胆に、そしてリズムよく動いている。

　愛液が溢れて水音を発し、俺の股間を濡らして、その彼女の興奮度合いを伝えてくる。

「ふあっ、んくぅんっ♥　オチンポのビクビクでっ、私もすっごく良くなっちゃうぅっ♥　はあっ、ああぁっ♥　先生のオチンポっ、私のイイとこばっかに、当たってるのぉおっ♥」

　膣内の熱さと締めつけと、この見事な上下運動。

　文句のつけようがない、素晴らしい背面座位だった。

「はっ、はあぁんっ♥　んはあぁ……ああぁっ♥」

　しかもこの後ろから見えるパツパツのお尻が、俺に当たるたびにプルンプルンと揺れるのもまた、たまらなくエロい！

「ああっ、勝手にどんどん動いちゃうのぉ……んあっ♥　はあぁんっ♥　エッチなオマンコがっ、いっぱい欲しがって、腰が止まらないよぉっ♥」

　こんなにすごい腰使いは、今までのどの嬢でも体験したことがない。

というか、そもそもこんな若い子が、本番でしかも生のままましてくれる特別サービスなんて、ありえない。

少なくとも俺はこのマユにしか、してもらったことがない。

だから俺にとっても彼女は、一番のお気に入りだ。

「んんっ、んあぁ……あっ♥　あぁぁっ♥」

だがしかし、残念ながらそれを本人に伝えることは、しばらくはないだろう。

いや、もしかしたら一生ないかもしれない。

「んはっ、はあぁんっ⁉　あっ！　んくぅ……今のビクンって膨らんだのって、もう我慢できないやつですよね？　あうっ、あぁぁんっ♥」

「うぐっ⁉　くぅ……」

そんなことを考えていたら、そろそろ限界が見えてきてしまった。

このあとのことを考える。この体位だと、最後の瞬間はマユの一存にかかっている。

襲われるような形だったので、生のまま挿入しているのだ。

フィニッシュをどうするかも、マユ次第。

もちろん、俺としてはこのままがいいに決まっているが、それは色々と都合が悪い。

というより、この関係はそもそも、ものすごく問題がありすぎるのだ。

だが教師だって人間であり、欲に負けることはある。

「きょ、今日は……どうなんだ？」

拒まなければならない立場なのに、俺は卑怯にも彼女に判断を委ねた。

そしてその返事を、俺はわかっている。

「んふふ……気にしなくていいのに♪　んあっ、はんんぅ……はい、大丈夫です。だから遠慮なく、いっぱい出してくださいっ♥」

ああ……この世に天使はいるんだな。

「はうっ⁉　くうぅん♥　ああっ、ま。まだ大きく膨らんでるっ⁉　んあっ、はぁぁっ♥　これ、っ、奥に刺さっちゃうぅっ♥」

いろいろなことを思いながらも、最後までしっかりとオマンコを堪能するために、ぎりぎりまでこらえて――。

「はうっ、んはぁぁっ♥　ああっ、すごいですぅっ！　私もっ、これっ、イっちゃうっ、イっちゃうっ、イクッ、イクううぅっ♥」

「くっ⁉　おおっ！」

ドックンッ！　ドクドクッ、ドプドプドプルルルッ！

「うくうぅんっ♥　イッックううううぅぅぅっ♥」

溜めていたものを彼女の膣奥で、一気に開放した。

「んくっ、んふあぁぁんっ♥　ああっ、射精も元気いっぱいぃっ♥　あうっ、んはあっ♥

出されてまたっ、気持ちいいぃ～～っ♥」

肉棒が何度も彼女の中で跳ね上がり、睾丸に溜まっていたものをすべてを出し切るかのように、大量に中出しした。

「んあっ、んはあぁ……はあっ、はうぅ……先生の元気ザーメン……今日もいっぱい、もらっちゃったぁ……♥」

うっとりとした顔で、マユが満足げに呟く。

こんな状況でも『先生』と慕ってきてくれる彼女が、ぺたんと俺の上に寝転がる。

その拍子に肉棒が外れ、膣内から精液がこぼれて俺の股間をじんわりと濡らした。

まあ別に精液で汚れても、後でマユがきれいにしてくれるので構わないのだが……問題はその『先生』のほうだ。

「くぅ……いつも思うんだが……その先生っていうのは、さすがに店ではやめないか？」

「えー？　いいじゃないですか。そのほうが興奮するでしょう？」

「ぐっ……」

確かに、言い訳できないくらい興奮してはいる。

さすが男の扱いが……いや、マユに関しては、俺の扱いが上手い、と言っていいだろう。

教員と生徒。

きっと傍《はた》から見れば、そういう『プレイ』なのだと思うだろうし、会話を聞かれてもこういう店だから疑われることはない。

まあ教師だという身分が知られれば、このプレイに興じているのは、危ない性癖のように思われるかもしれないが……。

俺だって、ただのプレイであったなら、悩まなくて済んだだろうな。

「んふふ……それとも名前がよかったですか？　克己さん♥」

「なっ⁉　本名は頼むからやめてくれ、森ノ宮《もりのみや》」

「あー！　ここでその名前はだめだって、言ったじゃないですか～～！」

反撃とばかりに彼女の名字を口にすると、マユは――森ノ宮は、拗ねたように唇を尖らせ、頬を膨らませて抗議してくる。

その仕草は可愛らしいが、素直に愛でることはできない。

そう……この非の打ち所のない美少女であり、店でもトップクラスに指名されることの多い風俗嬢は、俺の担当しているクラスの学生なのだ。

プレイでの設定ではない。

俺が勤めている学園の、担任しているクラスの教え子だ。

そんな関係でなければ、悩まずに楽しく、気持ち良くプレイできただろう。

今さら思っても仕方のないことだが、あのときの偶然を今は少しだけ悔やんでしまう。

俺と彼女がこうした関係になったのは、少し前のことだった。

第一章　危なすぎる秘密の関係

教師として働きだして、もう十年近くになる。

大学を出てすぐに就職することができた。あの頃の俺は情熱に燃え、希望を抱いていた。仕事はキツく、新人のときは様々な失敗をくり返した。自分たちと年齢が近いということもあってか、遠慮のない学生たちの扱いにも苦労したものだ。

だが今ではすっかり仕事の要領を得て、通常の授業だけでなく、受験対策用の指導もできるようになった。

自分のことを高く見ているわけじゃないが、同僚や保護者からの評価は悪くはないと思っている。

だからだろう。数年前からは、難関校と呼ばれる大学を目指す特進クラスを担任することになった。

集まるのは、校内でも成績が上位の生徒たち。

進学――特に有名校を目指す学生たちが相手なので、授業のレベルはそれなりのものが求められる。

それでも、やはりコツを掴んでしまえば、今までとそんなに変わりはない。

授業や試験対策も、すでにある程度パターンが決まっている。

それを俺なりのやり方で、生徒に教えていけばよいだけだ。

しかも特進クラスは明確に目標が見えている生徒が多いので、やんちゃだったり、非行に走ったりという者はかなり少ない。

そもそも、いわゆるお嬢様系の女子学園なので、おかしな子は少なく、いたとして入学の段階で選別される。

そのかげて『おりこうさん』が多く、手がかからない。

大変なのはせいぜい進路相談くらいで、それも専門の人間——スクールカウンセラーがいるのだ。となれば、担任でしかない俺が学生ひとりひとりと深く関わるようなこともなく、大きな問題に巻きこまれることもない。

……もっとも、仕事が忙しいことに違いはなかったが。

一般的な会社に置き換えれば、俺の立ち位置は中間管理職というところだろうか。

私立だけに長く居座っている先輩教師の雑用や、新任の指導や尻拭いなども俺の役割だ。

そのせいで帰宅が遅くなったりと、ストレスが溜まることもないわけではないが、基本的には安定した日々を送ることができている。

それに自分で言うのもなんだが、今の仕事は俺にものすごく向いている。

勉強を人に教えるのは得意だが、そこまで社交的なほうではない。

生徒と深く関わり合うことのない今の待遇は、居心地がよかった。

そんなことを考えるような男なので、当然のように恋愛には縁遠く、あまり深い人付き合いもしない。

それでも全体的に見れば、余裕のある生活をして、無難に過ごすことができていると言えるだろうな。

だが、人間は欲張りな生き物だ。

毎日同じようなことをくり返し、仕事を中心とした地味な生活を送る。

それはとてもありがたいことなのだが、ふと思ってしまうのだ。

少しくらいは生活に刺激が欲しい、と。

若いやつには負けない！　と思いたいわけじゃないが、それなりに体力はある。

まだまだ衰えない性欲は、自分でもそろそろ落ち着いてほしいとさえ思うほどだった。

それなのに単調な日々の繰り返しで、若い頃に感じていた心躍るような感情を、今は失っている気がしてしまった。

だから俺は、小さな楽しみである風俗通いを繰り返す。

一つの店には拘《こだわ》らず、色々な場所を渡り歩き、冒険することにしているのだった。

その日。いつもよりも少し早めに仕事を終えた俺は、学校を出て繁華街へと向かっていた。人通りの多い表通りから外れて少しばかり歩くと、どぎつい色彩で飾られた店が軒を連ねている一画に出る。

何回もそして何年も、このような場所に通っている俺には、とても見慣れた光景だ。

夜の世界にしか存在を許されない、華々しくも雑然とした空気の中にいると、自然と心が浮き立ってくる。

そう……これがないと、遊びに来た感じがしない。

最近はおしゃれな都市計画とか風紀改善などで、こういう夜の街が少なくなっている。

それでも探せば、まだまだあるものだ。

気に入っている店はあるし、よく指名する嬢もいる。

だが連続して行くことは、あまりなかった。

せっかくの夜遊び。

変化のない学園での生活のように、ここでも同じように『日常』を過ごすつもりはない。

「……こっちだな」

また少しばかりの冒険をしようと、事前に調べていた店へと向かった。

風俗街の中でも、さらに端。普段はほとんど通ることないような場所に、その建物はあった。

今日の目的であり、最近になってラブホを居抜きで改装してオープンした、イメージソープランドだ。

ただし〝基本的には〟本番行為はNGらしい。

もともとソープは、その場で出会った男女の自由恋愛の末に、性行為をするという建前となっている。

今回利用する店もソープを謳ってはいるが、本番をするかどうかは完全に嬢に決定権がある。

そこは他の店でも同じだろう。

嬢に渡す追加の料金を渋らなければ、大抵の場合は特に問題にはならないものだ。

とはいえ、本番行為ができるかどうかもわからないのに、料金は普通のソープと同じか、それ以上。

なので、普通にただヤることだけを目的とする客には、避けられているようだ。

だが俺は、最終的にヌケればいい。

なので本番があってもなくても、特に問題はない。

今日はそんな気分じゃないし、様子見でもある。

なのであまり気合を入れすぎず、普通におすすめの嬢との定番の浴室プレイを選択した。

服を脱いで、薄い服一枚となって待機室に座り、嬢がやってくるのを待つ。

ネットの書き込みだと、かなり嬢のレベルは高く、プレイルームの種類も様々あって、その界隈では噂になっていた。前から一度来てみたかった店だ。

しかし、なかなか時間がとれず、今日になってやっと余裕ができたのだった。

なので願わくば、ぜひ噂《うわさ》どおりの上質なプレイを愉しみたい。

最近はあまりわくわくすることはなかったが、久しぶりに胸を躍らせてその時を待った。

「――失礼しまーす」

来た！

あまり待たされずに、嬢が部屋に入ってくる。

おすすめだというが……いったいどんな子だろう？

「はじめまして、マユです」

丁寧にきちんとお辞儀をした彼女が、ゆっくりと頭を上げる。

「どうぞよろしくお願いしま――え？」

にこやかに笑っていた嬢、マユが俺の顔を見て、驚きに固まる。

その瞬間に、俺もようやくその原因に気がついた。

「まさか……森ノ宮《もりのみや》、なのか……？」

森ノ宮真弓（まゆみ）。

彼女は、この場にいるはずのない——いてはいけない存在だった。

何しろ森ノ宮は、俺が受け持っている特進クラスの中でも、特に優秀な生徒だ。

もちろん勉強だけではなく、運動もそつなくこなし、素行も良い。

他の生徒の手本となるような彼女は、生徒たちからだけでなく、教員からの信頼も厚い少女だ。

そんな彼女は、学園内でも目立つ存在である。クラスで人が集まっている場合は大抵、森ノ宮が中心にいるといった具合だった。

ただ、本人はいたって普通であり、目立つような服装をしていることもない。

今どきはもう形骸化している校則にきちんと従っている、数少ないひとりであり、むしろ地味なほうだと言える。

だがそう感じさせないのは、顔立ちやスタイルがよいというのもあるが、立ち居振る舞いに品があるからだろう。

実家は近年急成長を遂げた企業の創業者であり、かなりの資産家でもある。

そのせいなのか、しつけは厳しいようなのだが、それでも特に目立った反抗期もなく、優等生としての街道を歩いていた。

……今までは、そう思っていたのだが。

「な、ななっ⁉ あうっ……」

その優等生が目の前であたふたとうろたえ、とっさに顔を隠した。

だがもう、どう考えても遅い。

「う、嘘だろ……まさかこんなところで……」

俺もどうしていいかわからず、その場で立ち尽くしてしまう。

「くっ……し、失礼しましたっ、お客さま」

「……へ？」

一瞬の間を置いて、なぜか森ノ宮は隠していた顔を出して、ペコリとお辞儀した。

「えっと……そう、勘違いっ！ 勘違いしてしまったんですっ、知り合いと！」

「……は、はい？」

急にそんなことを言って、パタパタと目の前で手を小さく振る。

「だからここでばったりと会っちゃったから、とっさに驚いてしまったんですよー。でもよかったー、私の勘違いでしたー♪」

そんな調子でごまかしながら、苦笑いで流そうとした。

いや、小学生でも、もう少しまともなウソをつくだろう。

ここまで間近に顔を見て、さらに声まで同じなら、もう言い逃れはできない。

そのはずなのだが——。

「あ……え？　う、う～～ん…………？？」

もしかして……俺も勘違いをしているんじゃないか？　と、わりと本気で考え始めてしまっていた。

それは自分の保身からではなく、彼女の喋り方が普段とまったく違っていたからだ。

『ごきげんよう』という挨拶が、学園内で一番似合うと言われるほど、彼女は絵に描いたような完璧なお嬢様だったのだ。

教員に対する受け答えはもちろん、同学年の友人や下級生にも、とても丁寧な言葉遣いをすることで知られていて、決してタメ口で話すような姿を見せない。

それがまた妙に彼女のお嬢様キャラにハマっていて、さらに人気を押し上げる要因にもなっていた。

ちなみに、噂によると今時珍しく、ファンクラブもあるらしい。

その集まりは某歌劇団のような雰囲気で、かなり熱狂的な者もいるらしく、教員の中にも隠れ会員がいるとかいないとか。

なので、今この目の前にいる森ノ宮の顔と声をしている彼女が、本当に本人なのかとなると、担任である俺さえも疑ってしまうほど、雰囲気がまったく違っていた。

いや、そうであってほしいという願望が、そう感じさせているのかもしれない。

「すみません、他人の空似でした。あははは……だからお客さまも、きっとそうだったんですよね？」

「え？　い、いや……」

「いいえ、そうですっ！　ねっ？　ねっっ!?」

必死で俺に詰め寄り、強引にそうであると言わせたがる。

「え、あ、あぁぁ……う、うん……」

その圧力と迫力と、つるつるのやわらかい肌の感触と、それにとてもいい香りのする体臭にやられて、つい首を縦に振っていた。

「はぁ〜〜〜……よかったぁ〜〜、わかってもらえて……」

俺も認めたことで、大きく安堵して息を吐いた。

それがどういう意味での『わかってもらえた』なのかは気になるが、この際もう、深く追求しないでおこう。

それに、これだけ性格や表情や喋り方が違うのだ。

きっと本人ではないはず……たぶんきっと生き別れた姉妹。きっとそうに違いない。うん、そうだったんだ！

俺は自分にそう言い聞かせ、色々なものを落ち着かせようと努力する。

「……と、とりあえず、他の子にチェンジでもいいかな？」

「え？　どうしてですか？　天満先生…………………あっ」

「とんでもないドジっ子だなっ、森ノ宮っ⁉」

思わず彼女の肩を掴み、思いっきり揺さぶって叫ぶ。

たぶん俺の眼には、大粒の涙が浮かんでいたことだろう。

これでもう、目の前の風俗嬢が教え子であることを、きちんと認めざるを得なくなってしまった。

「ご、ごめんなさい……私もすごく動揺していて……うぅ……だ、だからつい、いつものように呼んでしまって……」

「も、もういい……俺もこのまま知らないふりしてスルーできると思っていたこと自体が、おかしかったんだ……」

お互いに顔を見ることができず、ただ深い溜め息が漏れた。

教師が風俗に通っているというのは、あまりよろしいことではない。しかも、それを担任している生徒に見られるなど、とんでもないことだ。

だが別に風俗に行くこと自体は違法なことではないし、咎められるようなことではない。

むしろ、こんなところで働いている、生徒側のほうが大問題である。

今すぐ、働いている店を辞めさせる。そして、このことはお互いに黙っておく。

それが最善策のように思える。しかし。

「あの……黙っていてもらえませんか？」

案の定、彼女もそう相談を持ちかけてきた。

「……本来なら、こういうことはきちんと問題にするべきなんだろうが……ご存知の通り、ここは特殊な店だ。俺も問題になると、非常に困る」

「そうですよね。わかります……」

「うむ。だから――」

「だから、内緒でプレイをしたいということですよね？」

「……は？」

「先生はどんなプレイがいいですか？　あ、いくつかＮＧはありますから、それ以外ということになりますけれど」

「い、いや、そういうことじゃなくて……」

「もしかして、アブノーマル系がいいんですか？　うちのお店は、そういうのは基本的にはお断りしているんですけど……」

「最初からそんなことをするつもりはない！」

「でしたら、どんなことがいいですか？」

「どんなことって……そういうことをするにして、森ノ宮とできるわけがないだろう？　当然、チェンジだ」

「えーーっ!?　それはちょっと困りますっ！」

不満げに言うと、彼女はその豊かな双丘を押しつけるように強く抱きついてくる。

「こ、こら、放しなさいっ!?」

「チェンジされると、色々と聞かれて探られちゃうんですよ。別にお客さまの都合だって言えばいいんですけど……。でも私、色々とイケナイ感じで内緒にしてここに来てるので、なるべく問題は起こしたくないんです」

確かにここで働くのであれば、それなりにごまかしているに違いない。

それこそ、問題になったらとんでもないほどに。

「くっ……し、しかし教え子を相手にそういうことをするのは……」

「えー？　いいじゃないですか……先生♥」

さらに身体を密着させて、誘ってくる。

こうしていざ迫られると……残念ながら、心が激しく揺れ動く。

森ノ宮は誰が見ても美少女である。

それに加えて、スタイルも抜群。

特にこの押し当てられる爆乳は、揺れるたびに理性が削げ落ちて霧散していきそうだ。

「くっ……よ、良くは……良くはない……」

そうやせ我慢して言ってはみるものの、やはり風俗嬢として見ても大当たりなので、惜しく感じてしまう。

「んふふ……良くはなくても、悪くもない……ということでＯＫですね♪」

俺の反応を見て笑みを深くすると、彼女はほとんどしなだれかかるようにして、身を寄せてきた。

どうしてこんなにもいい匂いがするんだ？

香水などではなく、若い女の——男の欲望を刺激するような甘い香りに、頭がくらくらする。

「なっ⁉　ちょっと待ってくれっ！　俺はまだするとは一言も——」

「言ってなくても身体は正直ですよっ、先生っ♥」

あと一押しで俺は陥落する。

そんなことを思ったわけではないだろうが、彼女は俺の股間に手を触れてきた。

「う……⁉」

反応して、すっかりと硬く勃起している息子を、森ノ宮がやや乱暴に握ってくる。

「ほら、やっぱり。もうギンギンじゃないですか♥」

「ちょっ⁉　なっ⁉　えぇぇっ⁉」

そんな大胆なことをする生徒ではないと思っていたので、この行動には驚かされて、硬直してしまう。

その隙に、この場の主導権を一気に握られてしまった。

「静かにしてください。あまり騒いだら怖いお兄さんが来ちゃいますよ。さあ、プレイルームはこちらですっ♥」

ペニスを掴んだまま、彼女が移動する。

「い、いたたっ⁉ ひ、引っ張るんじゃないっ⁉ お、おいぃ～～っ⁉」

息子を人質にとられては、俺は否応なしに彼女についていくしかない。

だが、まだ理性はきちんと保っている。

「こ、こんなことはやっぱり駄目だ。別に俺は罰したりもしないし、秘密にしておくっ！だから一旦落ち着こう！ な？ 森ノ宮っ？」

「……そんなこと、どうやって信用しろっていうんですか、先生？ もし秘密にするのなら、一回はちゃんとサービスを受けてください。そうしたら私だって落ち着けますから」

「し、しかしさすがに俺たちの関係でこういうことは……森ノ宮だって嫌だろう？ 知り合いが客だなんて」

「まあ少し恥ずかしいですけど……でも別に嫌というわけじゃないですよ」

「そ、そうなのか⁉ って、いやいやっ、森ノ宮がよくても俺的に駄目なんだってっ！」

「そんなことないでしょう？ ここに来たってことは溜まっているんですよね？ いいじゃないですか、別に先生だって男性なんだし。溜まってたら出すのは自然です。それにちゃんとサービスはしますから……ね？」

「う、うむむ……」

意外にも……いや、こういう場所で働いているから意外でもないのかもしれないが、彼女はものすごく理解がある人物だった。

そこは俺とも共通する考えの部分であるし、こんな可愛い女の子に風俗を肯定されると、ちょっと心が揺らいでしまう。

だが……だがしかし！　俺は男である前に教員として、生徒には手に出さないという、最低限守らなければならない一線を、自分から超えるわけにはいかなかった。

「……や、やっぱり駄目だ。森ノ宮とそんなことを……」

「じゃあ、わかりました、特別サービスもつけちゃいますから。お店には内緒で♥」

「くっ⁉　と、特別……」

よく言われることだが、特別という言葉に弱いのが日本人だ。

もちろん、俺もそれには弱い。特にこういう場所での特別には、敏感に反応してしまう。

そこを森ノ宮につけ込まれてしまった。

「……ふふふっ♪　今、迷いましたよね？」

図星を指され、顔がわずかに強ばった。上手く隠したつもりだったが、見抜かれてしまったようだ。

「それじゃ、浴室へ、ご案な～～い！」

「ぐおっ⁉　抜けるっ！　息子が……おおうっ⁉」

結局、俺は誘惑と欲望に逆らえず、今日一番の楽しみとしていたプレイルームへと、強引に誘われたのだった。


「先生、ここは初めてですよねー。それじゃあ……まずは普通にしてあげますっ♥」

「そ、そうか……」

扉を開けて引き込まれると、そこにはユニットバスのような浴室が広がっていた。

ふたりで入るとちょうどよいくらいの広さで、見慣れたスケベイスと安物のエアーマットがある。

桶の中には、すでにローションがホカホカの状態で用意されていて、ほんのりと湯気が出ていた。

「こちらに座ってください。今準備しますから」

「え？　ああ……」

空気が固めにしっかりと入った、弾力のあるマットの上に腰掛けると、向かい合うようにして森ノ宮が立ち膝になる。

うわ……な、なんて大きさだ……。

ベビードール越しだが、かなりの大きさの胸が目の前で揺れた。

学園内では当然制服を着ているし、そういう目で見ないようにしていたのであまり気にすることはなかった。

なのでまさか優等生で目立たない彼女が、ここまでの爆乳だとは思わず、つい目が釘付けになってしまう。

それはもちろん、見られている彼女にはバレバレだった。

「……あれ？　先生、もしかしてびっくりしてます？　私のおっぱいに」

「えっ⁉　ま、まあな……かなりのボリュームで圧倒されてるよ……」

もうどう繕っても無駄なので、素直に認めた。

「ふふ♪　そうですか。男の人は大きいのが好きな人が多いですしね。あ、もしかして……普段からクラスの女の子のバストも、気になってたりしてました？」

「あのな……俺は仕事とプライベートはわけるほうなんだぞ？　それに生徒をそんな目で見たことなんてないさ」

「でも、今はじっくり見ちゃってますねー♪」

「くっ……否定できん……」

普段顔を合わせている生徒のあられもない姿は、背徳感と一緒に劣情を煽ってくる。

教員としての俺のプライドが、ものすごく揺らいできた。

「……まあ別にいいじゃないですか。そういう場所なんですから♥　いつもの関係抜きに、楽しんでください」

「う……」

まだ煮え切らない態度の俺を、森ノ宮は優しく妖しく誘ってくる。

「それに大きいって褒められるの、私は嬉しいですから。もっと見てください」

特に躊躇もなくベビードールをたくし上げ、生の爆乳を目の前にさらけ出す。

そのいやらしく揺れる肌色に、俺の理性も一緒に揺られて緩んでいく。

「ああ……見事なオッパイだな……」

「ありがとうございます♪　じゃあ、この爆乳を堪能してもらいましょうっ♥」

「え？　堪能って……おおうっ⁉」

すでに勃起している肉棒を、左右から柔肌が挟み込んできた。

「ああんっ♥　ふあぁ……すごく熱くなってる……♥」

「うっ⁉　も、森ノ宮……」

彼女のオッパイは大きさのわりに、きちんとした弾力を持っていた。

「んぅ……しかもすごく筋張って硬くなってて……たくましいです……」

柔らかいだけではなく、その奥に若さとエネルギーを感じられる。温かさに包まれると、下半身でなにかが解けていくような感覚がする。

「これ、はさみやすくて、パイズリしやすいオチンポですね♥」

「ちょっ⁉　な、なんて言葉を口にしてるんだ」

こういう場所で働く嬢なら、別に普通に言っても違和感のない猥語だろう。

しかし、普段の真面目でおしとやかな彼女のイメージしかない俺は、その口から発せられた卑猥な言葉に、軽く衝撃を覚えた。

「えー？　他に言いようがないじゃないですか。それにオチンポにはきちんと刺さったみたいですよ？」

「あぐっ⁉　くうぅ……」

確かに、思いっきり興奮している。

それはもう、普通の嬢と接するときより何倍も。

「んはぁ……あ、カウパーまでもう出ちゃってる♪　このままじゃ、オチンチンが可愛そうだから、扱きますよー♥」

「え？　くおっ⁉」

そう言うと、人肌に温まったローションを上から軽くかける。胸と肉棒の隙間を液体で満たすと、そのまま身体ごと上下に動き始めた。

「んぅ……はあぁ……本当に、オチンポの凹凸があって、すごい擦れ方しますね……はぁっ、あんっ……いかがですか、先生♥」

ニッコリと笑顔を浮かべ、そのたわわな胸を使って肉竿を刺激していく。

「ああ……こ、これは……うっ……」

ローションでぬるぬるになった乳房が、柔らかく肉棒を挟み込んでくる。

しかもしっかりとしたストロークで扱いてくるので、かなり気持ちがいい。

もうこれだけで、プロだとすぐにわかってしまった。

「ふふっ、言わなくても、お顔を見るとわかっちゃいますね♪　んんぅ……それにオチンポもビンビンですしっ♥」

「くぅ……」

ここに来てから、まともに反論できたためしがない気がする。

それくらいに、森ノ宮は男の扱いをよくわかっているのだろう。

それはもちろん、プレイでのテクニックの面でもだ。

「はんぅ……それじゃ気にせず感じてくださいね。教え子のおっぱいで、おちんちん気持ちよくなってくださいっ♪　んはぁ……ああっ、んぅぅっ♥」

「なっ⁉　ちょっと待ってく……うおぉっ⁉」

俺の静止も聞かずに、森ノ宮は動きを加速させていく。

「はあっ、んはぁんっ♥　んんぅ……このくらいの速さが、ちょうどよさそうですね。んんっ、はぁんっ♥　オチンポがもうピクピクしちゃってますよっ♥　んんぅ……んんっ、あ

あぁっ♥」

「うぐっ……す、すごい動きだ……」

竿全体を包み込みながら、バルンバルンと爆乳が元気に揺れた。

その上下運動の過程で、俺の股間へと柔肌が押しつけられて、心地良い重さと密着する感触が、じつにいい。

「んはぁ……ああぁんっ♥　カリがグリグリ擦れて、気持ちいいぃっ♥　はあっ、ああぁんっ♥」

いやらしく揺れ、震え、そして歪む。

色々な様相を見せる彼女の爆乳は、俺を視覚的にも楽しませてくれた。

「んあっ、はあぁ……こんなにパイズリしやすいオチンポなら、もっと速くできちゃうかも……そういうことで、追いローションっ♥」

「ぬおっ⁉　ま、まだ激しくなるのか……くぅ……」

さらに追加のローションでぬめりが増して、彼女はより動きやすくなった。

「んくっ、んんぅっ♥　はあっ、はあぁ……やだ、私ったら火照って、ちょっと本気になってきちゃった……んっ、んんぅ……」

「うっ……本気って……今まではそうじゃなかったのか？」

「最初だし、一応普通のサービスのお仕事モードでする予定だったんですけど……はうっ、んくぅぅ……先生のオチンポが素敵すぎて、もっと感じたくなってきちゃいました♥ んんっ、くうぅんっ♥」

ほんのりと頬を赤くした森ノ宮は、胸を支えている手に力を込める。

「なっ⁉ ここでそれは、きつ……ぐおっ⁉」

左右からの挟み込みを強め、胸圧を上げてさらに責めてきた。

「んはあぁんっ♥ ああ、いいぃ……んんぅっ♥ このオッパイの中で、たくましく反り返ってる感じ……オッパイだけじゃなくて、胸の奥のほうまで熱くなってきっちゃいますぅっ♥」

本当に自分からも楽しむように、絶好調の動きで射精を煽ってくる。

「ああぁんっ♥ ピクピクするチンポの先っぽが、ぎゅんって膨らむぅっ♥ んんっ、はあっ、んくぅんっ♥」

俺史上でも歴代上位に入るであろう、その極上のパイズリの前で、もう我慢を保てなくなっていた。

「ぐっ……で、出るっ……森ノ宮っ、もうっ……くぅっ⁉」

「んんぅんっ♥ はい、いいですよっ……あふぅ……んくっ、んんぅ……そのまま出してっ、いっぱいぶっかけてぇ〜〜っ♥」

「あぐっ……ま、またそんな卑猥な……ああっ⁉」

ドッピュー！ーッ！　ビュクビュクッ、ビューーーーッ！

「きゃはあぁんっ!?　あふっ、ザーメンっ、きたぁ～～♥」

圧迫され、胸の谷間から亀頭が顔を出したタイミングで、精液が吹き出す。

「んはあぁんっ♥　んあっ♥　濃いオスのニオイぃ……んんっ、きゃうぅんっ♥　先生のザーメンまみれぇっ♥」

白い塊が弾けるようにして、彼女の顔や髪にかかり、汚していってしまう。

「うわっ！　と、止まらないっ!?」

「きゃうううぅんっ♥　はあぁ……あはあぁ……♥」

こうしてたっぷりと、教え子の顔面にぶっかける形で、俺は果ててしまった。

「んんぅ……んはぁ……よっぽど溜めてたんですね、先生……。んんぅ……なんだかネバネバがすごいですよ？」

「え？　い、いや……そんなことはないはずなんだがな……」

通常どおりのサイクルなはずだが、確かにいつもより出る量が多い気がする。

それに自分で思っていたタイミングよりもかなり早めに、射精してしまった。

ここまで暴発気味に出してしまったのは、いつ以来だろう。

それほどに興奮していたのだと、改めてわかった。

「ふうぅ……まさかパイズリで、こんなに早く出てしまうとは……」

いままでの嬢でも、もう少し長く耐えられたはずだ。

やはり森ノ宮は、見た目以上に逸材だということだろう。

そして大変に遺憾だが、自分が受け持った生徒とエッチしているという背徳感が、俺のオスの部分を刺激し、煽りまくったのだろう。

しかも……。

「んんぅ……？　あっ、先生、すごい……♥」

「え？　あっ……」

一発出したのに、肉棒の滾《たぎ》りはおさまらなかった。

「わぁっ♥　大抵のお客さんは、一度はちょっとしなびちゃうのに……ここまで変わらず元気に勃起しまくってるのは、珍しいですね♥」

「そ、そうなのか……まあ俺にとってもこの状況は珍しいんだが……」

「そうなんですか？　ふーん……どうやら普通じゃ足りなかったみたいですね」

そう言うと、ぴとっと俺の胸に手を当ててくる。

「……うん？　な、なんだ？」

「言ったじゃないですか。先生だけの特別なサービス……。今から、してあげちゃいますよっ♥」

「え？　今のが特別なんじゃゃ――」

ぐいっ！

「おぶふっ⁉」

頭がエアーマットに落ちてバウンドする。

森ノ宮が不意に力を込めて、俺をその場に押し倒してきたのだ。

「あんなパイズリは、いつものサービスですよ。それで……これからが本当の『特別』ですっ♥」

そんなことを言いながら、素早く俺を押さえつけるようにして、下半身へと跨《また》がってきた。

「これからって……まさかこのままっ⁉」

「はい♪　やっぱりふたりで秘密を共有するなら、このくらいじゃないと、お互いに対等じゃないですからねー♥」

「い、いやでも、それはつまり、俺とセックスをするって……あぐっ⁉」

彼女は特に躊躇もなく、まだフル勃起している肉棒を掴み、自分の膣口へと押し当ててくる。

その迷いのない動きに、思わず心配になってしまう。

森ノ宮はきちんと理解しているのだろうか？

これは超えてはいけない一線だということを。

「……大丈夫ですよ。お店には言いません。だから先生も黙っていてくださいねっ♥　んんぅ……くふんっ♥」

「ぬあっ⁉　おふっ！」

きちんと理解した上で腰を押し出し、俺の亀頭を熱い膣内に招き入れる。

「んああぁんっ♥　ちょっと広がっちゃいそうだけど、ヌルヌルだからすぐに入りそう……じゃあ特別サービスっ、いっちゃいますっ♥」

「ちょっ⁉　森ノ宮っ、それは――」

「んくうぅぅんっ♥」

「おっ⁉　お、おおぉ……」

腰をストンと落とし、すんなりと肉棒をすべて受け入れる。

「んくうぅんっ♥　んふっ、ふはあぁーーっ♥　あぁぁ……私の中に、みっちりと隙間なく埋まってるぅっ♥　んはあぁ……」

つ、ついにやってしまったのか……。

彼女と繋がった部分を見つめながら、生徒に挿入してしまった肉棒のすさまじい快感を、複雑な思いで受け止める。

「んふふ……まさか天満先生と、こんなことになるなんて思わなかったですけど……これはこれでありですね♥」

「ありって……それでいいのか？　森ノ宮は……」

「良いも悪いもないですよ。してしまったことは取り返しがつかないですからね。そういう運命だったと思って、諦めるしかありません。だったらこの素敵な状況を楽しむしかないですよっ♪　んくぅ……ふあっ、んくぅ……あぁぁん♥」

森ノ宮の腰がゆっくりと上がり、そのままストンと落ちてきた。

「なっ⁉　そんな刹那的な考えは破滅に……くうぅっ！」

教師としての立場なら、その短絡的な答えを諭すべきだろう。

でも劣情と欲情が支配するこの場では、なにを言っても無意味だ。

それに……確かにもう、ここまできたら後の祭りだ。

「くっ……ああ、もうっ！　どうにでもなれっ！」

「んくうぅんっ⁉　ふあっ、はあぁぁんっ♥　オチンポが、またガッツリ硬くなってるううぅっ♥　んくっ、んはぁんっ♥」

教え子とのプレイを躊躇する理性は、積極的に迫ってくる彼女と、さきほどのパイズリでも感じた極上のサービスの前に、あっさりと敗北してしまった。

「あうっ、んくぅんっ♥　ふあっ、はあぁんっ♥」

脚を使ってしっかり上下に動きながら、俺の上で森ノ宮は腰を振っていく。

「あっ、ん、はぁっ……これ、すごいです……思ったよりも、ぐんぐんきちゃって……あぁんっ！」

「くぅ……こ、こっちもすごい……」

大胆な腰振りに合わせて、爆乳が柔らかく弾んでいた。

パイズリのときにもよい眺めだったが、この位置から見上げると、よりボリューム感が強調されてたまらない。

「ああっ♥　はうっ、くんぅんっ♥　先生のっ、ぶっといオチンポっ……私の中を、いっぱいに広げてるぅっ♥　ふあっ、んああっ♥」

「う、森ノ宮、あぁ……」

蠕動する膣襞が肉棒を擦り上げ、思わず声が漏れる。

この感じからして、かなり慣れているようだ。

「はあっ、んくぅ……んあっ、あぁぁんっ♥　どうですか？　先生……んっ、んんぅっ……私のオマンコの具合……はぁぁんっ♥」

「ああ、かなり気持ちいいが……」

やっぱり初めてじゃないんだな。ふと、そんな感想が漏れた。

こんなところで働くくらいだから、経験済みなのは当然だろう。

しかしうちの学園は女子校であり、なおかつ世間的にはお嬢様学校と言われる場所で、基本男子との接触はない。

その上、彼女は特進コースの生徒で、その中でも規律正しく真面目なので、皆の手本になるような存在だ。

学園での彼女は、まさに絵に描いたような、可憐なお嬢様そのものだった。

だからなのか、当たり前のように男の上で腰を振る彼女の姿は、かなりのギャップがあり、ついついそんなことを思ってしまったのだ。

「……悪い」

せっかくのプレイ中にテンションを下げてしまい、後悔した。

別にこの年頃なら、お嬢様であっても経験していておかしくはないし、いろいろな事情もあるだろう。

そもそも、こんな風俗通いが趣味のおじさんには、彼女が経験済みかどうかなんて、まったく関係のないことだ。

「んんぅ？　別に謝ることないですよ……んんっ、はうっ、んんぅ……。ふふっ。私も先生には、驚かれるだろうなって思ってましたから……はぁぁんっ♥」

俺の考えなど、お見通しなんだろう。

しかし森ノ宮は大して気にせずに、腰を振り続けている。

「あっ、でも別に無理やりとか、嫌々だったとか、そういうのじゃないですから、安心してください♪　そんな暗い理由で、ここにいるわけじゃないんです。んっ、んはぁ……そのときも、私からしたくてやったことですからっ♥　はぁぁ……あっ、ああんっ♥」

「そ、そうなか……うん」

最悪の場合、家の事情や誰かに騙されてしまったとかで、この店に入ったのかと思ったりもした。でも彼女の様子を見る限り、本当にそんな理由ではなさそうだ。

「んんっ、んはぁ……私、別に恋愛とか、あんまりこだわりなかったんです……。んっっ、んんぅぅ……だから初めては好きな人に、とか……そういうのものもなかったんですよ……。はあっ、んんぅ……なので初めては、すごく褒め上手な年上のおじさまでしたっ♥　んんぅ……はあぁんっ♥」

「くっ⁉　な、なるほど……」

そのときのことを思い出しているのか、膣内がぎゅと締まった。

とはいえ、彼女にとってはそんなに悪くない初体験だったらしい。

そして本音を言えば、そのおじさまが実に羨ましい。

「んっ、んんぅ……でも本当は、ここまでしちゃいけないんですよ？　はあっ、んんぅ……先生だから、こうして特別サービスをしてるんですっ♥　んんっ、はあぁんっ♥」

「そ、そうか……森ノ宮が望んでしてくれているなら、それはそれでいいんだ。まあ、こういうことをしてもらっている俺が、どうこう言える問題じゃないしな」

「んんっ、んはぁんっ♥　先生が理解のある方で助かりましたっ♥　んっ、んんぅ……でも実は、今日の特別サービスは、他の人とはちょっと違うんですけどねっ♪」

そうなことを言って、なんだか含みをもたせた笑顔で俺を見下ろしてくる。

「え？　なんだ？　その違いってのは……？」

「あれ？　気づきませんか？　んふふふ……ふはっ、はぁぁ……あうっ、んんぅ……実は私……ナマは初めてなんです♥」

「なっ、なにぃっ⁉　あっ！　そういえばしてないっ⁉」

色々とありすぎて、まったく気にしていなかったが、確かに森ノ宮は挿入時にゴムを着けていなかった。

「ま、まずいだろっ、それはっ！　くぅ……今からでもいいから、早く抜いて着けてくれっ！」

なんとか俺のほうからも中断させようと、彼女を上からどかそうとする。

「えー？　嫌ですよ。こんなに気持ちいいのに、途中で抜くなんてっ♥」

「なっ⁉　あぐっ……ちょっ、この……動かせないっ⁉」

だがいつの間にか彼女は、ガッチリと太ももで俺の腰を押さえ込んでいて、なかなか外れない。

「んはぁんっ♥　はぁぁ……んぅ、んんんぅっ♥　この角度で擦れるのも、いいですねぇ……んあっ、くぅぅんっ♥」

しかも勢いを衰えさせずに、そのままスライドさせるような腰の動きに変えて、さらに

振り続けるので、快感は高まる一方だ。

「ぐくっ……マジで勘弁してくれ……そこまでの罪悪感は背負えないぞ、俺は……」

「もう、心配しすぎですよ……んんっ、んはっ、はんんぅ……大丈夫ですから。こういうことがあったときのために、ちゃんと準備はしてますし♥　ちなみに、病気もないですから安心してくださいね」

「あ、安心って……そういう問題じゃないんだけどな……」

俺は、せめて避妊くらいは男のほうがきちんとすべきだと思う派だ。

まあそれを自分で実践する機会はほとんどなく、大抵は嬢からすぐに着けられてしまうんだが。

ちなみに店以外での経験はないので、いつもコンドームは持ち歩いているわけではない。

「んっ、んんぅっ♥　こんな機会、めったにないんですよ？　はあっ、はんんぅ……現役のＪＫの生オマンコで、生ハメセックスなんて……これだけのサービス、普通じゃ受けられませんよ？」

「ぐっ……」

確かにこんな状況じゃないと、絶対に経験できないだろう。

そんな、宝くじよりも当たらなそうなビッグチャンスを、このまま中途半端で終わらせるのは、あまりにももったいない。

「……本当にいいのか？　いや、それよりも体調とかは大丈夫なのか？」

「んんっ、はあっ、んんぅ……ええ、大丈夫です。はあっ、あっ、んはぁんっ♥　だから心配しないで、今はＪＫとのセックスに集中しましょっ♪　先生っ♥」

「ぬおっ⁉　くっ！」

そう言った教え子の膣口が、ぎゅっと締めつけてきた。

たぶん森ノ宮は、そういったコントロールもできるのだろう。

「んくっ、ふはぁんっ♥　ああっ、ゴツゴツしたのが、イイとこ擦ってるぅっ♥　ふあっ、はあぁんっ♥」

より男が感じやすいように、なおかつ自分も感じるように。

肉棒を膣壁にしっかりと擦りつけるようにしながら、密着したままの巧みな腰使いで、彼女は責め立ててくる。

「はっ、はあっ、あうっ、くあぁぁんっ♥」

かなり素晴らしいテクニックだ。

だが、風俗に通ってウン十年。

数々の嬢に頼み込んで、内緒で本番をしてもらってきた俺から言わせてもらうと、森ノ宮の技術的は、まだ極上とまでは評価できない。

「んあぅ、はうぅ……んあっ、あぁぁんっ♥　ズブズブ奥まできちゃってぇ……おへその裏まできてるぅっ♥　んくうぅんっ♥」

しかしその整った見た目や、若さのポテンシャルはすさまじい。

これからの伸びしろも期待できる。

それに他の嬢とは、かなり違う評価ポイントがある。

「あっ、あぁぁんっ♥　このオチンポ、すごくいですぅ……はうっ、んはぁぁんっ♥　身近にこんなすごいモノを持っている人がいたなんてっ、知らなかったですぅっ♥　んあっ、はぁぁんっ♥　本当にぃ……人は見かけによらないですよねっ？　先生っ♥　はうっ、くうぅんっ♥」

「ああ……本当にそうだな……ぐっ⁉」

彼女だけの特徴。

それは、彼女の日常の姿を知っているということだ。

「んあっ、はうぅんっ♥　あっ、はぁぁんっ♥」

あんなに真面目でおとなしく、可憐なお嬢様が、俺の上で自分から率先して腰を振りまくっている。

それを知っているのは俺だけだという優越感と、あまりにも違いすぎる姿のギャップが、男心を強くくすぐってくる。

「なうっ、んくうぅんっ⁉　やうっ、んあぁぁんっ♥　ぐんっ！　って私の中で、思いっきり反り返って膨れてるぅ……あうっ、んあぁぁっ♥」

　このマンコの感触を、もっと味わっていたい。

　そう思っていても、やはり自然の摂理には逆らえない。

「あぐっ……や、やばい、また……」

「ああっ、んあぁぁんっ♥　もしかして、きちゃいました？　あうっ、んくっ、んんぅ……もう限界ですか？　先生っ♥」

　せり上がる射精感を、俺はもう押さえきれなかった。

「ああ、で、出るぞっ！」

「このオチンポすごいからぁ……あっ、あぁぁっ♥　私もっ、すぐイっちゃそうですぅ……はうっ、んあぁぁんっ♥　いつでもいいですよっ、せんせぇ……んくっ、んあぁぁんっ♥　あうっ、私のオマンコに出してっ、出してぇっ♥」

「うおっ⁉」

　ドピュクッ！　ビュクビュクビュクビュクー－－－ッ‼

「はあぁぁっ♥　私も……イクイクイクううぅぅっ♥」

　俺の上でびくんと大きく森ノ宮が震え、きつく締めつけてくる膣内に、思いっっきり中出しした。

「はあぁぁぁっ♥　あうっ、出てるぅ……んくっ、んはぁぁんっ♥　奥でいっぱいビクンビクンってぇ……んあっ、はううううぅんっ♥」

「くっ⁉　搾り取られるっ⁉」

跳ね上がる肉棒を押さえつけるように、彼女の膣内はぐっと締めつけてきた。

そうして気持ち良く絞られたまま、俺は全てを吐き出していく。

「んあっ、んんっ、んはぁぁ……気持ちよかったですぅ……んんっ♥　んはぁぁ……これで秘密を共有できましたね……せんせぇ……♥」

「ぐっ……あ、ああ……そうだな……」

こうして俺は最後までしっかりと、教え子である森ノ宮に搾り取られてしまった。


賢者タイムは大抵、なにかしらの後悔をすることが多いと思う。

たとえば、もう少し追加サービスを頼んでおくべきだったとか、帰り際に見た別の嬢のほうがよかったかも、だとか。

あるいは、借りてきたAVがパッケージ詐欺すぎたが、以外にも好みの内容で、むしろ新たな性癖に目覚めてしまって落ち込んだりもあるな。

たぶん男子たるもの、理由はどうあれ、多少はそんな経験があるに違いない。

そして今の俺は、それの最たるものを経験していた。

「ああ、まずい……非常にまずいぞ……」

繁華街からの帰り道。

俺は自分のやってしまったことを思い出し、後悔に頭を悩ませていた。

生徒に風俗通いを見つかり、そのまま手を出して……さらに中出しまでキメてしまったのだ。

避妊はしているようだったが、そういう問題じゃない。

彼女は本来、俺が守らなければいけない教え子なのだ。

風俗は好きだ。

だからこそ、生徒にはどんなに間違っても、絶対に手を出さない。

そう心に決めて、俺は長年教師をしてきた。

だがそれが今日、なし崩し的に破られてしまったのだ。

……いや、もう言い訳じみた言い方はよそう。

最後は俺自身が森ノ宮との関係を望み、禁を破ってしまったのだ。

ああ……もう終わりだ……俺はいったい今後、どうすればいいんだ……。

仕事をする上での、俺の根幹を揺るがす大事件である。

酒に酔ってもいないのにフラフラとした足取りで、夜道をなんとか歩いていった。

「くっ……な、なんてことだ……ここまでとは……」

脚に力が入らないのは、もちろん自分がしてしまったことへのショックでだ。

だがそれ以外にも、彼女との激しいセックスの余韻が、まだ残っているのも正直なところだった。

実にいい手コキと、さらにキツ締めつけの腰振り。

まあ騎乗位に関してだけいえば、やや不慣れなところはあったように思える。

しかし、そんなことも気にならないくらい、彼女との行為は素晴らしかった。

そして当然、そのことに罪悪感を覚えてしまう。

でもそれ以上に、なにか今までになかったような、満たされる気持ちにもなっていた。

「……くそう……これじゃ本当に、ただのヘンタイ教師じゃないか……」

生徒相手に欲情しないための風俗で、生徒相手に発散する。

本末転倒の最悪の行為。

だがもう、してしまったものは仕方がない。

失敗したときは、その後の行動こそが大人として、そして人として大切なのだ。

やはり彼女のことを思うと、店は辞めさせたほうが良いだろう。

それが教師としてやるべき、正しい行動だ。

だが、ひとりの人間として見たときに、本当にそれが正しいのかと言わると、即答はできない。

森ノ宮は優秀な生徒だ。

だから風俗で働くということのデメリットは、当然わかっているはずだ。

しかもわざわざ年齢を偽ってまで働いているのだ。

なにかしらの理由があるのが、当たり前だろう。

彼女がなぜ、あんな場所で働いていたのか？

頭ごなしに言って辞めさせることは、すぐにできる。

だが、その理由を知らなければ、彼女自身の本当の問題は解決できない。

「はぁ……ガラじゃないな……」

そんな、まるで生徒に寄り添った熱血教師のような考え方は、今の俺には相応しくないのも、よくわかっている。

それにたぶん、別のクラスの生徒と鉢合わせたのだったら、間違いなく最初から『教師』として行動していただろう。

だが不思議と森ノ宮には、ひとりの『人間』として向き合いたいと思ってしまっていた。

「とりあえず……約束だしな。内緒にはしておこう……」

約束をした以上、それを破るわけにはいかない。

当分の間は様子を見るためにも、誰にも言わずにいようと思った。

第二章　天使との日常

「天満克己さんですよね？　警察ですけど――」

いつかテレビで見た番組のワンシーンが脳内で何度も再生され、やってきた警察に同行するように言われるのではないかと、不安を抱いたまま休日を過ごした。

しかし、怖れていたような事態は何も起こらず、俺は複雑な感情のまま週明けを迎えていた。

風俗ですっきりした上、しっかりと眠って体を休めたはずなのに、疲れがまったく抜けていない。

体調不良ということにでもして、学校を休んでしまいたい。

しかし、家に居たところで気分は落ちつかず、消耗するだけだろう。

俺はどうにか気持ちを切り替え、いつも通りに学園へと向かった。

内心ではビクビクしながら教員室へ入り、挨拶を交わしながら自分の席に座る。

とりあえず、ここまでは何事もなく辿りつくことができたな……。

気付かれないように小さく息をついて、周りの様子をうかがう。しかし、俺に興味を示している教員はひとりもいなかった。

問題があれば、いの一番で肩を叩きに来そうな校長ですら、のんきにお茶を飲んで新聞を読んでいた。

どうやら森ノ宮も、きちんと約束を守っているようだ。

店では嬢と客であり、受け身になってセックスしてしまったとはいえ、『教師に無理やりされた』などと言われれば、事実に対しては言い訳のしようもない。

結局、立場的に弱いのは俺のほうだ。

そのことに文句を言いたいわけではないし、風俗通いだって、いつかはバレてしまうと少しは覚悟をしながら楽しんでいたのだ。

だからもし、森ノ宮の裏切りによってそれが表沙汰になったとしても、そのときはすっぱりと、責任を取って辞職しようと思う。

そんなことまで考えてはいたので、このなにも起こらない普通の日常感には、若干の肩透かしを食らっていた。

とはいえ、それはまだ教員室での話だ。

これからが、実は一番緊張する場面なのだった。

時間になり、受け持っている生徒たちが待つ教室へと向かう。

正直、ちょっと逃げ出したい気持ちもあったが、今までの教師人生での責任感のようなものが、そうさせてくれなかった。

どんなことがあっても、驚かずにきちんと受け止めよう。

覚悟を決め、教室の扉を開く。

そこにはいつものように、きちんと座って待ってくれていた少女たちがいて、一斉に俺の顔に注目する。

さあ……どうなんだ？

俺はまだ教師として、ここに立っててもいいのか？

「きりーつ、礼っ」

「「「おはようございます」」」

あらゆる罵声や冷たい視線、抗議の投石や生卵などまで想像していたが、いつもと変わらず、彼女たちは挨拶をしてきた。

その中には、普段どおりの優雅な所作で席に座る、森ノ宮もいた。

そして、俺と目を合わせると――。

表情一つ変えずに、机の上の教科書へと視線を落とす。

これもいつも通りの光景。

「……先生？」

ふと、今日の日直の青山《あおやま》が話しかけてきた。

そうだ、まだ俺は挨拶をしていない。

「え？　あ、ああ……おはよう。それじゃあ、出席を取るぞ」

こうして拍子抜けしながらも、いつも通りに授業を進めていくことにした。


どうやら、森ノ宮は本当に約束を守る気のようだ。

月曜の朝からずっと注意して見ていたが、二、三日経っても、まったく俺に関わってくる気配はない。

「――うえーん……森ノ宮さま、助けてぇ～～……」

「あら？　どうされたんですか？」

皆が集まる昼食中の食堂。

俺は少しその集団から距離をとって、聞き耳を立てていた。

森ノ宮に話しかけたのは、安倍《あべ》だ。

クラスの中でも、ムードメーカーのような存在の生徒だ。

その他にも、ほぼすべてのクラスメイトが、森ノ宮を取り囲んで食事をしていた。

別にそれが決まりなわけではないが、自然といつも集まってしまうらしい。

理由も知らずこの光景を見た人は、彼女が教祖にすら見えるだろう。

「実は次のテストで成績が落ちたら、お小遣いを減らされちゃうんです……だからお願いします、森ノ宮さま。私の頭を良くしてくださいっ！」

「まあっ、それは困りましたね……。でも、そこまでは保証できかねますけど、一緒に勉強をして教えて差し上げることは、できるかもしれません」

「ほ、本当ですかっ⁉　ありがとうございますっ！　森ノ宮さまっ♪」

「ずるいわよ、安倍っち！　私も数学がピンチなんですっ！　ご一緒させてください～～っ♪」

「私もっ！」

「私もぜひっ！」

次々に、彼女へのお願いが波のように広がっていく。

おいおい、みんな？　勉強でわからないところは、先生に聞いてもいいんだぞ？

「……皆さん、勉強熱心ですね。わかりました。放課後に図書室で一緒に勉強会を開きましょう」

「「「きゃーーーーっ！」」」

まるで次のオリンピックの開催地が図書室に決まったかのように、皆が喜びの声を上げた。

まさか勉強会で、ここまで盛り上がるとは……。

彼女たちはきっと、森ノ宮さえいれば、毎日がお祭りなのかもしれない。

「ありがとうございます、森ノ宮さま。お礼にわたくしが焼いた、特製クッキーをプレゼントいたします！」

「あらっ、素敵ですね。でしたら、ちょうどいいお茶がありますので、休憩のときにいただきましょう。あ、でも教員の方々には内緒ですよ？」

「「「はーーーーいっ♥」」」

いや、全部聞こえているんだけどな。

もはや彼女たちには、森ノ宮以外の周りは見えていないのだろう。

皆、目の奥にハートマークを浮かべている。

もうここまでくると、カルト教団に見えてきた。

それほどのカリスマ性を、彼女が持っているということだろう。

「やったー！　森ノ宮さまのお茶がいただけるなんて♥」

「ええ、森ノ宮さまとお茶だなんて……すてきです♥」

一部で過剰な反応をしている者もいるが、ほとんどの生徒は森ノ宮との会話に心を弾ませて、楽しんでいるようだ。

だが、その当の本人は、なぜか少し困った顔をしていた。

「あの……皆さん？　その森ノ宮『さま』はやめていただけますか？　みなさんとは同じ学年ですし……私のことは真弓とお呼びになって構いませんよ？」

「そんなっ⁉　名前でだなんて、呼べないよ～～っ！」

「でも、皆さんとはお友達ですし……もっと気軽に話しかけていただけると、嬉しいですから……ね？」

「ああ、尊い……」

「森ノ宮さま～～っ♥　私、一生ついていきます～～っ♥」

……人気者というのも大変そうだな。

妙な熱気に当てられるのも嫌なので、早々に食堂から逃げ出してきた。

あんな会話をしながら、食堂での楽しいひとときを過ごす少女たち。

だがこんな光景は、この学園内ではよく見られる、いつものことだ。

森ノ宮真弓は、おしとやかで上品な、見事なお嬢様だった。

こっちのほうが演技なのだとすれば、たいしたものだ……。

いや、もちろん演じているのは『マユ』のほうなのかもしれないが。

まだそこまでは深く、彼女の本当の姿を知ることができていない。そんな状況で、どちらが正しいのかという結論を出すのは、早いような気がした。

とにかく、俺の知っている森ノ宮はこのようなお嬢様だ。見る限りは、俺の前だけでなく常に、今まで通りの態度を何一つ変えていなかった。

このまま本当に約束を守ってくれるのは、ほぼ間違いないと思っていいだろう。

それならば、とりあえずの一番の心配事は、脇に置いておける。

そうなると、次に考えなければならないのは、なぜ彼女が風俗店で働いているのかということだ。

その理由が、まったくわからない。

元々、彼女が『手間のかからない優等生』だというのは、教員全員の共通認識だった。

実家は、かなり裕福な家庭だと聞いている。

その恵まれた環境で育ったためか、言動に品があり、服装もあまり派手になることはない。だが聞くところによると、私服時に身につけているものはすべて高級ブランドだという。それでも目立たないものをあえて選んでいるようで、彼女のような年頃の女子としては、とても良いセンスの持ち主だということだった。

ただ、積極的に他人とは関わらず、常に周りから一歩引いたようなスタンスでもある。

この点はきっと、古風な女性像を教え込まれているのだと思う。

成績はトップクラス。

あらゆることに余裕のあるお嬢様といった評価を受けつつも、クラス内のヒエラルキーには組み込まれない特例的な存在。

そんな彼女が、なぜ風俗嬢をしているのだろうか?

お金が必要とは思えないが、小遣いを制限されていて、稼ぐ必要があるとかか?

だとしても、アルバイトをするのならば、他にも選択肢はいくらでもあるはずだ。

まずは、そのあたりを知る必要があるだろう。

だが、学園内でそれを探るのは難しい。

そもそも彼女のほうからは、あの日以来、俺に接触してこない。

それもきっと、彼女なりの気遣いだと考えるべきだ。

そんな彼女の努力を、俺から壊すわけにはいかない。

だったらもう、方法は一つしかない。

またあの店に行って、『マユ』を指名するしか——。

うっ⁉　おいおい……なんてことだ……。

また彼女と店で会う。

それを考えただけで、下半身がものすごく熱くなり、全力で勃起してしまう。

彼女を心配する気持ちは本当にある。

だがそれよりも、あのときの体験の鮮烈さと快感を、どうしても思い出してしまうのだった。

落ち着け……俺がそんなことでどうするんだ……。

元気な股間を誰にも気付かれないように、近くの職員用のトイレへと駆け込み、個室へと避難する。

しばらく座っていれば落ちついて、きっとおさまる。

そう思っていたが、長年の経験上、これはもうそれだけでは無理だと、体感的に悟ってしまった。

「ああ……なにやってるんだろうな、俺は……」

ため息をつきながら、自分の息子をセルフサービスで慰めた。

そうしてなんとか欲望を発散したことで、可能な限りの平静を装いながら、午後の授業を進めていくことができた。


解決しようのない疑問を胸に抱えたまま、さらに数日の時間が経過した。

相変わらず、森ノ宮からのアクションはなにもない。

今まで通りお互いに、平和そのものの毎日を過ごしている。

その間ももちろん性欲は溜まっていったが、課題の準備や教員会議などで忙しかったこともあって、店に行くことはできていない。

そのせいでいまだに悶々としたまま、迎えた週末。

今日こそは……行きたい！

そんな情慾《じょうよく》が下半身をソワソワさせる。

いつもなら、間違いなく行っているタイミングだろう。

だが、森ノ宮とのことがあってから、まだ一週間しか経っていない。

別に他の店へ行けば問題ないのだが、なんとなく、また別の生徒とも出くわしそうな気がして、どうも乗り気になれなかった。

さすがに今週は、動画サイトなどで我慢しておこう……。

そんなことを思いながら、放課後を迎えた。

「先生、さようなら」

「はい、さよなら。寄り道しないで帰るんだぞ」

そんな軽い挨拶を交わし、生徒たちと別れて教員室に向かう。

「——天満先生」

その途中の廊下で、不意に声をかけられた。

「え……？　あっ⁉」

振り向くとそこには、ノートを持った森ノ宮が立っていた。

「どうかなさいましたか？」

不思議そうな顔をして、小首をかしげる。

身に纏う雰囲気や仕草は普段と変わらず、お嬢様らしく上品なものだった。

あまりに違い過ぎて、風俗店で見た彼女の姿は、俺が見ていた淫夢だったんじゃないかと感じてしまう。

「い、いや……なんでもない……」

ついに、店でのことを話しにきたのかと思ったが、こちらから言いだすのは得策ではないので、少し様子を見ることにする。

「それで……なにか用かな？」

「はい。実は今日の授業で教えていただいた、この場所がわからなくて……」

そう言って、ノートを広げて俺に見せてくる。

勉強熱心な彼女は、こうして聞いてくることが以前からあった。

これもまた、いつも通りということだろう。

「どれどれ……」

俺も気にせず、彼女が示す場所を覗き込む。

『お客さまは、今度はいつ、ご来店の予定なのでしょうか？』

「……っ⁉」

ノートには、そう小さく書かれていた。

そのことに気づき、とっさに彼女を見ると――。

「どうですか？　天満先生。教えていただけますか？」

そう言って、薄く口元を上げ、妖艶な笑みを浮かべる。

その表情に、一瞬にして引き込まれ、魅了されてしまった。

……っと、いかんいかん！　ここは学園で、俺は教師っ！　こんな年下相手に、なにをのぼせているんだっ！

「あ……ああ、そうだな。この問題はちょっと時間がかかりそうだし……廊下では説明しにくいかな」

表情筋にフルパワーを注ぎ込んで、能面のように冷静な顔をなんとか作り上げる。

きっと周りからはバレていない。

その自信はかなりあったが、近くでじっと見つめる森ノ宮には、俺の動揺がよくわかっただろう。

だがいい機会だ。

ここではなく、どこか別の場所でゆっくりと話し合う必要がある。

「え、えっとだな……ああ、相談室！　あそこなら空いているだろうから、今からでも教えることができそうだが……ど、どうだ？」

ごく普通の提案だ。

しかし自分で言ったその一言が、なぜかイケナイお誘いのように思えてしまって、思わず変にどもってしまった。

それを、森ノ宮も感じたのだろうか？

「……いえ、そこまでお手をわずらわせるほどのことではありませんので、また明日、お願いいたします」

意外にも、やんわりと断ってきた。

「そ、そうか……そうだな。そのほうがいい……」

そのことに少しホッとしながらも、なんだか妙に残念な気持ちが湧いて、俺の心を曇らせていく。

「あの……それともう一つ、こっちの問題もなのですが……」

「……え？」

彼女が指し示した、もう一つのページには——。

『今日もあの場所で、お待ちしています』

そう書かれていた。

だが、それはすぐに彼女の手で閉じられる。

「……これも後ほど、お伺いいたしますね」

「あ、ああ……わ、かった……」

「はい。では失礼いたします」

しっかりと頭を下げると、そのまま振り向くことなく、静かに歩いていってしまった。

つまり……店で話をしたい。そういうことなのだろう。

そうだとわかっているのだが……妙に嬉しくて仕方がない。

「……な、なにを浮かれているんだ、俺は……」

ただ話し合うだけで、プレイするために行くわけではないのに、思いっきり前かがみになってしまう。

自分は教師で、相手は教え子だ。

あのときは流されるように抱いてしまったが、ああいうことは二度とすべきではない。

だが……どうしても、期待してしまう俺がいた。

優等生だと思っていた彼女の裏の顔。

そして秘密を共有するドキドキ感が、俺の心を惹きつけていく。

「これは……また落ち着いてから行かないと駄目だな……」

森ノ宮とのことを意識しながら、俺は近くの男子トイレへと緊急避難するのだった。

そうして勤務時間は終わり、電話をして予約すると、足早に店へと向かう。

「いらっしゃいませ、先生。今日も指名をしていただき、ありがとうございます」

待合室に入ると、学園にいるときそのままの森ノ宮が、雰囲気だけをガラリと変えて出迎えてくれた。

それは、本来ならばあってはならないことだ。

「……え？　なななななっ⁉　なんで制服で！」

前回訪れたときは、風俗店ならではのエロいベビードールだったが、今はなぜか制服姿になっている。

しかもその制服は、学園指定の正式な本物だ。

「も、森ノ宮っ⁉　その格好はっ⁉」

まさに、先ほど学園で見たそのままの状態だった。

「先生、ここでの私は『マユ』です。そう呼んでくださいね？　お願いしますよ？　じゃないと、出禁ですからっ」

制服姿で爆乳を押しつけながら抱きついてきて、上目遣いで注意してくる。

「わ、わかった。呼び方は変えるとして……。でもなんで学園の制服なんかで出迎えてくるんだ？」

「ふふ……さあ、今日の先生のお部屋はこちらですよー♪」

そう言って腕を組でくると、俺のことを引っ張る。

「え？　いや、俺はまだなにも……お、おいっ⁉」

この店では、客には選択権がないんだろうか？

「大丈夫です。今日もいい場所ですから♪　ねっ？　ねっ♥」

「なにも大丈夫じゃない気がするんだか……おおうっ⁉」

また先日と同じようにして、マユとなった森ノ宮に無理矢理に、近くのプレイルームへと連れ込まれてしまった。


その扉の向こう側には、俺にとって見慣れた光景が広がっていた。

ただし、広さはかなり狭い。

なにかが書き込まれた黒板と、素朴な教卓。

そして生徒用の机と椅子が少しだけ。

「よりにもよって、なんでこんな部屋を……」

今回の彼女が選んだのは、教室風のプレイルームだった。

「ふふ。ここなら制服姿でも違和感ないですから」

後ろ手でドアを閉めたマユは、なんだか楽しそうに笑顔を浮かべる。

「いや、そもそも制服姿じゃなければいい話なんだけどな。というより、俺は今日は、プレイを楽しみに来たわけじゃないんだ」

店で待っていると言われて、期待していた事実はどこかに置いておく。

それに、すでに軽く賢者モードに入っているので、しばらくは性欲に振り回されることはない。

……はずだ。

「ここに来たのは、改めてじっくりと話し合うつもりだったからだ」

「ふふ……ええ、わかってます。先生、真面目ですもんね。私もお話がしたくて、お誘いしたんです」

そう言ってマユは、教卓の前に用意された生徒用の机にお尻を載せ、ちょこんと座る。

こういうことは、普段の彼女ならまずしないだろう。

ここでの彼女……普段とは別の一面が、すでに現れているようだ。

「……そうだな。俺たちには話し合いが必要だから……な」

俺も彼女の前にある教卓の上に、大人気なく座って対峙する。

「まあ。んふっ♪　先生もそういうこと、するんですね」

「ここは学園じゃないからな。好きにするさ。森……マユも、たぶんそういうことなんだろう？　まあ多くは今は聞かないがな」

なぜここで働いているのかという理由はものすごく気になるが、年頃の女子に俺があれこれ聞いても、きっとうざがられるだけだ。

「うーん……まあそんなところです」

やっぱりまだ、そこについては話したくないらしい。

あまり深堀りはせずに、相手から言い出すのを待つことにした。

「……ところで……一応、内緒にはしてくれたんだな。俺のことは」

「ええ、もちろんです。むしろ私のほうが、本当に約束を守ってくれるのか、少しだけ心配でした」

そう言っている割に、あまり気にしていないように見える……。学園内でもすました顔で過ごしていたのだろうから、なかなかの演技派だ。

「ちゃんと約束を守って誰にも言わず、学園でもなにもしてこなかった……だから先生は信頼できる人だと思って、今日誘ったんです」

「さっきのあれは……さすがにちょっと焦ったけどな」

俺が本音を言うと、くすりと笑う。

そして何故か急に、じっと熱い視線を送ってきた。

「それと今日誘ったのはもう一つ……先生の相手をしたとき、とても気持ち良かったからです♪　だからもう一度、したいと思っていたんです♥」

そう言いながらわざとゆっくり、俺の目の前で脚を組み直した。

そのとき、ちらりと見えたスカートの中身に、つい目を奪われてしまう。

くっ……そんなありきたりな誘惑をされても、乗るわけにはいかない。

長年の風俗通い経験者をナメないでほしい。

「そ、そそっ、そんなことを言っても、これ以上のことはもうしないぞ？」

思いっきりどもりながら、なんとか突っぱねる。

「えー？　悲しいこと言わないでくださいよ～～。だって先生……私が誘ったときに、期待してましたよね？」

ぐっ⁉　なんて鋭いやつなんだ。

「と、とにかくっ！　今日はここまでだな」

自らのわかりやすい態度を棚に上げ、性欲を完全にシャットダウンする。

「……本当にいいんですか？　だってあの後、トイレに行きましたよね？」

「なっ⁉　なぜそれをっ⁉」

「それと、なんだかアレの匂いが……」

「き、気のせいだっ！　ちゃんと制汗シートとスプレーを使って……ハッ⁉」

いかんっ！　これは森ノ宮の罠だっ！

「あれれ～～？　私はシトラス系のいい匂いだなーって、思っただけですけど～～？　制汗シートとスプレーを使って、先生はいったい、なにを拭いたりごまかしたりしたんですか？」

「ぐぬぬぬぬ……」

まるで蝶ネクタイの探偵ばりに、誘導尋問してくる。

なんてことだ。教師である俺が、生徒にいいように遊ばれてしまっている。

ずっと主導権を握られ、俺は反撃できないまま困ってしまった。

そして森ノ宮の攻勢はまだ続いていく。

「しかも先生ってば……学校で、私のことをよく見ていましたよね？」

「なっ⁉　そ、それは……」

確かに、ここ一週間、ずっと様子を見ていたが、気づかれずにやっていたはず。

……いや、よく考えてみれば、気にしてチラチラと見ていたかもしれない。

無意識のうちに、彼女の姿を追っていた可能性は大いにある。

だが断じてそれは、彼女がニヤニヤしながら言うような理由ではない。

「あ、あれはマユと同じで、いつバラされるかと心配していただけだ」

「えー？　そうなんですか？　私はてっきり、あのときの騎乗位が忘れられなくて、見てるのかと……♥」

ぴとっ――。

くる。

机から降りた彼女は、頬をほんのりと赤くさせて、俺ににじり寄り、身体を押しつけて

「なっ⁉　お、おいっ⁉」

教卓に座っていたせいで、それ以上後ろには行けずに、逃げ場をなくしてしまった。

「ふふ……私、嬉しかったんです。先生が約束をちゃんと守ってくれて。だからお礼がしたくて……」

少し熱っぽく潤んだ瞳で、上目遣いになりながら、俺の身体を軽く弄ってくる。

「お、お礼なんていらないぞっ。俺はそんなつもりで来たわけじゃないんだ……って、ちょっ⁉」

気づくと、そのきれいな手で俺の股間をさすっていた。

「本当ですか？　んふふ……でもこっちはもうギチギチに期待してますよ？　はぁぁ……とっても窮屈そうにしてるみたい……♥」

「や、やめるんだ森ノ……じゃなくてマユっ！　そういうのは改めてでいいから……な？せ、せめてここじゃない場所で……」

「えー？　なぜここじゃ嫌なんです？　こんなに興奮してるのに……むしろなぜこんなに興奮しているんでしょうね？　先生」

見透かされている。

そう思うようなドキッとする言葉と視線で、俺は身動きが取れなくなってしまった。

「実は……こういう学園プレイ、好きなんでしょう？」

「な、ななっ⁉　なにを言って……おふっ⁉」

彼女の手は動き続け、ついにはファスナーを下ろして肉棒を取り出してしまった。

「あはっ♪　カウパーがもう出てる♥　やっぱり思ったとおりです。先生、私たちに興味ないフリして、本当は抑え込んでいたのでしょう？　だからこうしてエッチなお店で発散してたんですね」

「うぐっ……ち、違っ……あふっ⁉」

俺の言葉も聞かず、マユは嬉しそうな笑顔を浮かべて、先が濡れ始めた肉棒を優しく撫で回してくる。

もうそういう、やる気満々なモードに入ってしまっているようだ。

「だから今日は先生が好きそうな制服で……しかも本物のほうでしてあげようって思ってたんですよ♥」

「なにっ⁉　最初から、そういうことだったのか……くっ！」

「それに……先生にその気がなくても、私はその気で来てましたから……。んんぅ……だってにあんなに熱い視線を送られたら……身体が火照ってしまうじゃないですか♥」

学園とはまるで違う態度で、積極的に迫ってくるマユ。

その巧みな手コキと雰囲気に、理性はすぐに飲み込まれてしまった。

「ああんっ♥　とても立派にそそり立ってますよ、先生……はぁぁ……この熱気に当てられただけで、メスのスイッチが入ってしまいますぅ……♥」

「ぐっ……だ、駄目だ……今日は本当に……」

「んっ、ほら♪　オッパイも触っていいですよ♥」

自分から胸元を広げ、制服の中から豊満な爆乳が、目の前に飛び出すようにして現れる。

それを見た瞬間に、俺の中にある教師としての理性を本能が乗り越えた。

欲望がさらに、そんな弱い理性に重しを乗せる。

そう——魅力的な双丘を前にすれば、俺はただのオスでしかないのだ。

「くぅ……な、なんて………なんてオッパイをしてるんだっ！」

「きゃあんっ♥　ああっ、んはぁぁんっ♥」

たまらず彼女のオッパイに手を伸ばし、鷲掴みにして揉みしだいた。

「んあぁ……はうっ、んはぁ、あふぅ……んんぅんっ♥」

指が沈み込むような、ふわふわとした感触。

だがその奥のほうには、しっかりと押し返してくる弾力がある。

これがあるから、爆乳であるにも関わらず垂れすぎない、素晴らしい形を保っているのだろう。

「ああ……本当にこれは……なんていやらしい……」

「んふぅんっ♥ やうっ、はぁ……ああっ♥ そんなにじっと見られると、恥ずかしいですよ、先生……ふあぁぁんっ♥」

たとえるならば、熟れ過ぎず若干の青さが残る果実。

これは今が、一番の食べ頃だ。

「ん……いただきますっ！ じゅぷむっっ‼」

「へ？ きゃあぁぁんっ⁉」

思いっきり口を開け、突き出た乳首ごと胸を吸い込むようにして、しゃぶりつく。

「んあっ、あんっ♥ 先生の吸い方、エッチですね……はうっ、んんんぅっ♥ あんなに戸惑ってたのに、急に大胆に……ああんっ♥」

「んちゅぱっ、ちゅぷっ……こんなに美味しそうなものを見せられたら、吸わないわけにはいかないだろう？ まあオッパイは、いつだって食べ頃なんだけどなっ、んちゅぷっ！」

「……んくぅんっ♥」

目の前の果実をしっかりと、手と口で堪能していく。

「んはっ、ふぁううぅ……んくっ、くううんっ♥ やんんぅ……こんなに吸われちゃうと、乳首が大きくなっちゃうかもぉ……ああっ、やはぁんっ♥」

「んちゅむ、むしろそのほうが扱いやすそうでいいじゃないか。たとえばこんな感じで……

んれろれろっ！」

「ひゅあぁぁっ⁉ やんっ、舌でも舐めて……んんぅっ♥」

吸い上げて唇で固定した乳首を、細かく舌先でくすぐるようにすると、ビクビクと全身を震わせて喜んだ。

「んあぁぁっ⁉ ひあっ、くうぅ……んあぁぁんっ♥ こ、これ効きすぎますぅ……あうっ、くうぅんっ♥ ペロペロ、すごすぎですよぉっ♥」

この乳首を舐めまくる愛撫は、彼女をなかなかに刺激したらしい。

「んくっ、んはぁぁんっ♥ んんぅ……やだ、そんなにされたら乳首ふやけちゃいますぅ……それにこんなに感じちゃ、私からできなくなっちゃうぅ……んくっ、ふはぁ……ああぁっ♥」

「んちゅぷ……ぷはぁ……」

一息ついて唇を離すと、いつの間にか机に座わった彼女の前に俺が立ち、逃さないようにしているような状態になっていた。

さっきまでとは、完全に逆の立場になったな。

「やれやれ、注文の多い嬢だな。そんなことでお客さんは怒らないのか？ 俺は平気だけど」

「ここまでしつこくするお客さんは、いないんですよっ！ もうぅ……それに乳首でこんなに感じちゃうのも、めったにないし……」

どうやらマユは、自分から奉仕するのが得意で、されるほうは苦手なようだ。

ここに来てから主導権を握られっぱなしなので、これは良いチャンスだろう。

「ふむふむ……そうか、仕方ない。それじゃあ、こっちで楽しませてもらおうっ！」

「んえ？　あぁぁんっ⁉」

机に座った彼女の脚を持ち、左右に開いた。

「ほう……意外と落ち着いたショーツなんだな」

「あうっ⁉　な、なにを急に……きゃあぁんっ♥」

たぶん今日一日、学園でも履いていたものなんだろう。

普段のほうの彼女に似合う清楚なショーツをずらし、膣口に指先を押し込んだ。

「おお……もうグチョグチョじゃないか。オッパイがよっぽど効いたんだな」

「やあぁんっ⁉　あうっ、んくうぅんっ♥　はうっ、んくうぅ……やだ、そんなにぐりぐりしちゃ……はあぁっ♥」

抵抗もなくすんなりと指を受け入れたそこは、奥から愛液が染み出してきて、滑りがかなりいい。

そのまま柔らかい膣壁の感触を堪能するようにして指を動かすと、ヒクつきながらも、きつく締めつけてくる。

「ほうほう……この締めつけ方はきっと、エロいエクササイズをしているんじゃないか？　膣トレみたいなので、骨盤底筋を鍛えて」

「んんぅっ!?　な、なんでそんなことまでわかるんですかっ？　あうっ、はあぁ……それよりも、そんなに広げられちゃうと、余計にエッチなお汁が出ちゃいますよぉ……はあっ、やうぅ……んんぅっ♥」

指先を動かすたびに、奥のほうからねっとりとした愛液が溢れてくる。

充分に感じているらしい。

「んあっ、んんぅ……先生、別にそんなにしなくても、もう濡れてるからいいのに……んんっ、はぁ……すぐに入れてくれてもいいんですよ？」

確かに、身体の準備はできているのだろう。

このまま肉棒を挿入しても、問題はない濡れ具合だ。

「まあそうなんだけどな……でも一応しておきたいんだ。奥まで濡れてないと良くないだろうし……それに俺は、こういうのをするのも嫌いじゃないんだ」

「……んんぅ……そんなふうに言うお客さん、あまりいないですけどね……。んくっ、んんぅ……もしかして、ちょっと格好つけてます？」

「うっ!?　まあ、ちょっとだけな。でも愛撫をするのは本当に嫌いじゃないんだぞ？」

「んくっ、はんぅ……それはなんとなく感じます……あんっ、んぅ……指先の動き、丁寧ですし……ふふ、でも正直なんですね、先生。……あうっ、んんぅ……そういう男の人、いいと思います♥」

「お、おう……それはどうも……」

いくつも年下の女の子で、しかも教え子だ。

学園でそんなふうに言われても、普段ならそこまで感じなかっただろう。

だが今の俺は、ちょっと普通に照れてしまっていた。

「じゃ、じゃあそろそろ、客として性欲に素直になってもいいよなっ」

照れ隠しに、やや中途半端だが愛撫を止め、濡れそぼった膣口に亀頭を押し当てる。

「んあんっ♥ ふふふ……はい♥ どうぞ♪」

そんな俺の気持ちをたぶん知りつつも、マユはニコニコとしながら、入れやすいように自ら脚を開いた。

「それじゃ……っと、その前に」

前は状況に流されるまま、生でしてしまったが、今回はきちんとゴムを装着する。

「え？ んぅ……言ってくれれば着けたのに……それに私、また生でする予定だったんですけど」

「そう毎回、生で教え子とするわけにもな。まあ気持ちはありがたいが、今日は俺のしやすいようにさせてもらう……ぞっ！」

「んっっあぁぁんっ♥　はあっ……ふぁあぁぁんっ♥」

根本まで一気にねじ込むと、ピッタリと膣壁が密着して、全体を熱く包み込んだ。

「んくっ、んふぁあぁ……ゴム越しでもくっきりと形がわかるみたい……んんっ、あうっ、んっはぁ……先生のオチンポが、ガッツリ食い込んでますね……♥」

一枚隔てているが、充分にそのぷりぷりとした感触が伝わってきて、俺の肉棒に程よくフィットしている。

それと時折、キュッと切なそうに締めつけてくるのも、実にいい。

「ああ……この膣内の圧迫感……たまらないなっ！」

「ふぁあぁんっ⁉　ああっ、んんぅ……はっ、はあぁぁっ♥」

制服姿の彼女を机に組み敷いて、腰を打ちつけていく。

「んはぁっ、あんぅ……やうっ、最初から激しい……♥　んんっ、んあっ、先生っ……なんだか力強くてっ、素敵ですよっ♥　んはあぁんっ！」

制服姿のマユが嬌声をあげている姿は、裸のとき以上の背徳感があった。

教え子と交わっている。

「あっ、ああっ、やうぅ……くうぅんっ♥」

通常ならあり得ない状況と、一発でクビが飛ぶ状態のスリル。

それが興奮を高め、腰振りにも現れていく。

「んはぁっ！　あっ、ああっ♥　先生が、ん、教え子オマンコに、パンパン腰を打ちつけてます、ん、ああっ！」

　マユのほうも、かなり調子が出てきたようだ。

「またそんな悪い言葉を使って……俺のクラスに、そんな困った生徒はいないはずなんだけどなっ！」

「んあっ、ああんんっ、ごめんなさいぃ……でもエッチなのは、治らないんですぅ……。んあぁぁんっ♥　きゃうっ、すごく奥まで届いて……んはぁぁっ♥　先生の極悪オチンポでっ、おかしくなっちゃうぅぅっ♥」

　ノリのいいマユはスケベな生徒として、このヘンタイ教師の抽送を受け入れて喜んだ。

「くぅ……にしても、膣内が随分と熱いな……これって興奮しているだけじゃないんじゃないか？」

「んえ？　んんぅ……はうっ、んんぅっ♥　たぶん私、体温が高いんです……あっ、あふぅ……。いつもはこんなサービスしないから……わからないけど……んあっ、あぁぁっ♥」

先生は気持ちいいですか？」

「ああ……こう、心地よさを感じるな。セックスしてるって気がする。若さが溢れ出てる感じもするな」

「ふふ、なんですかそれ。まるでおじさんが言うセリフですよ？」

「どうせ俺は、もうおじさんさっ！」

「んえぇっ!?　きゃうっ、ひうっ、んくぅぅんっ♥　ああっ、まだ激しくなってぇ……んあっ、はあぁんっ♥」

さらに腰に力をみなぎらせ、教え子マンコをガンガンと責め立てていった。

「んんっ、んくぅんっ♥　あっ、ダメェ……あぁぁっ♥　いま激しくズボズボされたらっ、すぐにイっちゃうっ♥」

普段通りの制服姿のマユを机の上に乗せたまま、腰を何度も突き出し犯していく。

見た目は完全な教室。

そんな日常に近い空間でのイケナイ行為は、俺を確実に興奮させた。

「んんぅっ♥　ふあっ、はあああぁっ♥」

「…………」

おかしいな……俺にはそんな趣味はなかったはずなんだが……。

さっきマユにも、学園プレイ好きと言われたが、実はこれまでは、そこまで好きじゃなかった。

人並みに軽く興味はあったくらいで、ＡＶでも好き好んで見たりはしない。

今までにもそういうシチュでのプレイを楽しんだことはあったものの、結果はいまいちだった。

「んあっ、はあぁんっ♥　すごいですぅ……オチンポ、たくましくなりすぎぃっ♥　んんっ、んはあぁっ♥」

「うっ……」

だが今は、目の前で喘ぐマユを見ていると、ものすごく昂ぶってしまう。

たぶんこれは学園モノとしてじゃなく、それをする相手のせいで興奮しているんだろう。

「はっ、ああんっ♥　知らなかったぁ……。こんなシチュで先生とするのっ、いつも通り平気だと思ってたのにぃ……ああんっ♥　だけどなんだか、すごく変な気分になってきちゃう……こ、これぇ……思った以上に恥ずかしいかもぉ……」

少なからず、マユもまた同じだったようだ。本物の担任である俺と、このシチュエーションでセックスすることに、サービスとは違うものを感じているらしい。

「んんっ、ふぁあぁんっ⁉　ああっ、また中で膨らんでっ⁉　ひうっ、んはあぁんっ♥　今それ……ずんずんされたらっ、もうぅ……んはあぁんっ♥」

締めつけが更に強くなり、膣内も大きくうねりだした。

「や、やばい……もう限界が……」

「んあっ、はあぁんっ♥　あっ、ああっ、いいですっ、いいぃっ♥　私もっ、私もぉ……あっ、ああぁっ⁉」

「で、出るっ！」

ビュククッ！　ビュルルルルーーーーッ！

「んくっ⁉　はぁぁんっ♥　ああっ、気持ちよすぎてっ、い、イクぅううぅぅぅぅっ♥」

自分でもわかるくらいに、ものすごい勢いの熱い精液が、彼女の膣奥で噴き出した。

「んんぅ、んくうぅんっ♥　ふあぁ……奥でどんどん熱いのが膨らんでくぅ……んんっ、んふぁあぁ……♥」

「おおぉ……止まらないな……」

興奮していたせいか、いつもよりも射精時間が長い気がする。

「んくっ、んふあぁ……はあ、はあぁ……やっとオチンポのビクンビクン……止まりましたぁ……あふうぅ……♥」

「あ、ああ……悪かったな。なんか待たせちゃって」

「いいですよぉ……んんぅ……そのビクビクも、気持ち良かったですからぁ♥」

ようやく落ち着いて、ゆっくりと引き抜いていくと――。

「あんぅ……んあぁんっ♥」

「ん……？　え？　まじか……」

軽く膣内で引っかかった。

「ちょ、ちょっと待ってくれよ？　いま全部抜いて……おおうっ⁉」

そのまま引っ張ってすべてを抜くと、勢いが余ってブルブルと揺れた。

「きゃんっ♥ んんっ、んはぁ……まあっ、先生♥」

「え？ うわ……」

今までに見たことのない、すごい量がゴムに溜まっていた。

「……破裂しなくてよかったな……」

「んんっ、んはぁ……そんなに出ちゃったんですねぇ……。んんぅ……生なら直接オマンコでそれを味わえたのに……残念です……♥」

「いや、さすがにこの量と濃さはアウトだろう……色々と……」

それでも俺はまた、彼女と身体の関係を結んでしまったのだった。


ああ……こんなはずじゃなかったのに……。

「はぁ～～……」

店を出て帰宅の途についた俺は、しばらくは溜め息をつきまくった。

気に入った嬢が相手でも、連続では行かないようにしていたのに、生徒相手にまさか、再びの本番までしてしまうとは……。

ＪＫとできるというだけで、そこまで見境をなくしてしまうものかと、自分の人間性を疑う。

だが理性だけでは抗えない魅力が、彼女にあるのも事実だった。

それはつまり、俺たちは身体の相性が抜群にいいということだ。

ここまでしっくりとくる身体は、初めてかもしれない。

今までの他の風俗嬢としたときよりも、満足度は格段に高い。

これが普通の店だったら、通いつめてしまう気がする。

しかし、やはり森ノ宮は俺の生徒だ。

いつまでもこんなことを放置していて、いいのだろうか？

「……まあ。今さら、良識ぶっても仕方ないんだけどな……」

そう思ったすぐ後に、軽く自嘲してしまう。

店で禁止されている本番行為までしておいて、どの口でそんなことを言えるだろうか。

優等生がどうして風俗嬢をやっているのか、まだ理由はわからない
だが、本人が望んでやっているように見えるのは確かだろう。

だから、もしなにか彼女が困った状況になったら、必ず手を差し伸べるというつもりで、
もうしばらくは様子を見ることにした。


そうして再び、いつも通りの平穏な一週間が始まった。

そんなある日の授業中。

残念ながら俺は早くも、平穏に過ごすことができなくなってしまっていた。

くっ……静まってくれ……俺の息子よ……。

学生たちには冷静を装っているが、ズボンの中で愚息が妙に張り切ってしまっている。

それでもなんとか、下半身は教卓で隠れている。

見つかってはいないはずだ。

こうなった原因はもちろん、森ノ宮だった。

本物の制服姿での本番プレイの印象は、あまりにも強烈すぎた。

それからの俺は、目の端に彼女を見つけただけで、邪な気持ちを向けてしまいそうになる。そうなると、股間が元気に漲《みなぎ》ってしまうのだ。

それでなくとも、森ノ宮のことばかり見ていると指摘された俺。

ここでまたエロい視線を向けてしまっていると知られたら、今度はどんなふうにからかわれるか、わかったもんじゃない。

周りにも気付かれないように、そして彼女をあまり見ないように注意しつつ過ごす日々が続いた。

そのせいで、ストレスはますます溜まる。

と同時に、性欲もまた、いつも以上に上がってしまった。

ただ、それだけならまだ、なんとか耐えられたことだろう。

しかし、二度の行為で落ち着いたと思っていた彼女のほうが、問題になった。

なっ⁉　ま、またかっ⁉

「こっ……ここは、テストに出やすい場所だから、よく見ておくように……」

動揺してしまい、俺は不自然に視線を黒板に移す。

その間も俺の後ろではきっと、彼女が静かに笑っているに違いない。

俺が狼狽《うろた》えた理由。

それはなぜか最近、森ノ宮と目が合うたびに、彼女が嬉しそうに目を細めてくるからだ。

今までなら、表情も一切変えずにいたはずなのに……。

明らかなその変化はきっと、俺をからかっているのだろう。

そうとわかってはいるけれど、あまりにも自然な笑みに、どうしてもドキリとしてしまった。美少女に微笑まれるなんて、俺の人生になかったからな。

そんな中であっても、俺は教師としての役目をこなさねばならない。

とくに生徒からの質問には、なるべく答えるようにしている俺だ。

「先生、ちょっといいですかー？」

「ここ、わからないよっ、先生助けてー」

今日もまた授業が終わると、何人かが質問にやってくる。

内心の葛藤に気づかれないためにも、それを俺は、ひとりずつさばいていった。

だが、絶対に来るだろうと思っていた森ノ宮が来ない。

そのことに、ちょっとだけ物足りなさを感じて、少し気分が落ちる。

……あ、そうか俺……残念だと思っているのか……。

今までそんなことを思ったこともなかったので、自分が残念に感じていたことに驚いた。

それくらい、俺の中の彼女の存在は、色々な意味で大きくなっていたのだろう。

だから連絡を受けたとき、正直、胸が高まってしまった。


昼食は基本的に、学食で済ませることが多い。

この学園の生徒たちも、そうする者がほとんどだ。

だから弁当を持ってくる生徒は、かなり珍しい。

そのかなり珍しい生徒が、俺の横に座りながら、ニコニコと包みを解いていく。

「今日は私の手作りなんです。先生の嫌いなものがなければいいのですが……」

「いやまあ、基本的に俺は、なんでも食べられるほうだけど……」

「それは良かったです♪　さあどうぞ、召し上がれ」

差し出されたの彩りもよく、とても美味しそうな手作り弁当だった。

『──実はお弁当を作ってきたのですが、一緒に食べませんか？』

森ノ宮から届いたメッセージには、そう書かれていた。

いつもは彼女も食堂で昼食をとるはず。その彼女からのお誘いを受けて、正直に言うと、最初は心が躍った。

だが冷静になると、真意が読めずに怖くなってしまった。

学生同士ならともかく、教師を誘うだろうか？

とりあえず、断りのメッセージを入れようとしたが、すぐに追加のメッセージが届く。

『進路相談室でお待ちしています。来ていただかないと、悲しくて授業中に泣いてしまうことでしょう』

とんでもない脅迫をしてきた。

そんなわけで、俺はこうして森ノ宮と並んで、昼食をとることになった。

だが……。

「先生は唐揚げは好きですか？　実は今日のおすすめは唐揚げなんです。ぜひ食べてください♪」

「あ、ああ……」

俺に腕を押しつけるようにしながら、思いっきり距離を詰めてきた。

近い。近すぎる！

店でも嗅いだいい匂いが鼻をくすぐってきて、思わず意識してしまう。

それでもなんとか理性を保ち、とりあえずは、作ってくれた弁当をいただく。

「……うまいな……」

「ああ、良かった♪　ありがとうございます」

森ノ宮は本当に嬉しそうな笑顔を見せた。

それは、学園ではあまり見たことのない笑顔。

むしろ、店での『マユ』がよくするような表情だった。

「森ノ宮に料理の才能もあるとは……さすがは優等生だな」

「それは関係ないと思いますよ？　昔はよく、母と作っていましたから……それだけです」

なんとなく、遠い目をして唐揚げを見つめる。

なにか思うところがあるようだ。

「あ、先生。このミートボールも食べてみてください。私の手作りなんですよ♪」

「え？　これもなのか？　すごい手間がかかってるじゃないか」

どうやら、あまり聞かれたくないらしい。

すぐに話題をそらしたので、とりあえずはそのまま食事を楽しむことにした。

「ところで……なんで弁当なんだ？」

一番気になるところを聞いてみると、森ノ宮はキョトンとした顔をする。

「ただ単に、先生と一緒に食べたいなーと思っただけですけど……もしかして私がなにか企んでいると思っています？」

「正直そう思っていたんだが……違ったようだな」

「ひどいですよー。女の子の純粋な思いを疑うなんて……ぴえんです……」

「へえ……森ノ宮でも使うんだな、そういう言葉」

「当たり前です。年頃の女の子なんですから。でもクラスではあまり使いませんけどね。なぜか友達からは驚かれますから」

「まあ、そうだろうな。俺も驚いたし……」

普段のお嬢様モードで使ったのなら、森ノ宮がギャルになってしまったのかと、クラスの大問題になってしまいそうだ。

だがむしろ、今のこの状況のほうが問題だろう。

女生徒と密室にふたりきり。

店でならいつものことだが、ここではまずい。

本当にただの思いつきで、俺に弁当を作ってくれたのだとしても、校内でふたりだけで会っているのは危険だ。

きちんと、それも伝えておくべきだろう。

「……なあ、森ノ宮。一緒に食べたいと思って弁当を作ってくれた気持ちは、とても嬉しい。だけど、こういうことをしていてバレたら、森ノ宮のためにならないんだ。それはわかるか？」

　少し真剣な顔をする俺に、彼女はにこやかに応えた。

「……ええ、もちろんわかってます、先生。でも形はどうであれ、秘密を共有する仲間として、親睦を深めることは悪いことではないと思います。先生も、いつ私が裏切るかハラハラしてしまうでしょう？」

「それは……まぁ完全にないとは言い切れないが……」

　俺に疑われないように、自分から親しさを証明したい。

　そう言いたいらしい。

　確かにこうして定期的に会話をするのは、彼女を知るためにも重要かもしれない。

　だが、やはり学園内ではリスクが大きすぎる気がする。

「だから……こういうことをするのは、時々にしておきますね♪」

「えっ？　またする気なのか？」

「はいっ。当然です♪」

　俺の心配をよそに、彼女はこの関係を続ける気のようだ。

　そしてたぶん、駄目だと言っても聞かないだろう。

「……次は、ハンバーグなんてあると、嬉しいかもしれないな」

「あっ……はい♪　楽しみに待っていてくださいね」

そうして俺は、初めて女性に作ってもらった手作り弁当を、残さずきれいに平らげたのだった。


普段の教室では、教師と学生として過ごしている。

だが学園が終わった後の時間は、客と嬢という立場に変わる。

そのことに、もうあまり罪悪感がなくなってくるほどに、最近はずっとマユだけを指名していた。

「いらっしゃいませっ♪　今日もご指名、ありがとうございます♥」

いつものように、笑顔で出迎えられると、一気にストレスが薄れて、下半身が元気になってくる。

よし。今日も一発っ！

…………いやいや、そうじゃないだろっ⁉

当然のようにヤる気にあふれる自分に、思わずツッコむ。

こうして毎日のように通っているのは、もちろん、森ノ宮がここで働いている理由を知るためだ。

なんとかして彼女のことを理解するために来ているのだから、そろそろヒントぐらいは手に入れたい。

「では今日は、こちらですよー♪」

「え？　あ、ああ……」

いつものように、とくにプレイの指定をせずにいると、マユが事前に選んでおいたというプレイルームへと向かった。

今回は、ヌルヌル増し増しボディ洗いという、ソーププらしいメニューだ。

「んぅ……はぁぁ……私の特製全裸スポンジ……気持ちよく洗えてますか？　んあっ、んぅ……」

「ああ……身体の芯まで洗われてる感じがするよ……これは疲れが取れそうだ……」

ビニールマットに寝転がり、程よい温度のローションを素肌で塗られていく。

「んんっ、んあぁ……先生の身体も温かくて……あんぅ。私の身体も擦れて、気持ちいいです……♥」

粘液のぬめりと柔らかな彼女の身体に擦られて、全身が性感帯になっていくようだ。

「んんっ、んはぁ……はあぁ……素敵な胸板……んんぅ……」

本当に心から楽しんでいるように思える。

「……マユはこの仕事……辛いと思ったことはないか？」

「え……？　ん……そうですね……」

何気なくそう尋ねてみると、彼女は少し複雑そうな顔をした。

てっきり、即答すると思っていたので、意外な反応に思わず彼女を見つめる。

「いえ、仕事自体は辛くはないんですよ？　でも……やっぱり色々な人を裏切っていると思うと、少しつらいんです。特にパパには……」

そこから、森ノ宮はゆっくりと、自分の家庭のことを話し始めた。

元々、彼女の家は普通の家庭だったらしく、小学生の頃までは他の子と同じように公立の学校へ通っていたそうだ。

家族は、父親と母親の三人暮らし。

裕福ではないが特に貧しいわけでもない、それなりの生活で、幸せに暮らしていたそうだ。

だがある日、母親が交通事故で亡くなってしまい、そこから彼女の人生は大きく変わってしまった。

かなり高額な保険金が入り、それを元手に父親は一念発起して独立し、自分の会社を立ち上げたそうだ。

そこで事業は見事に成功し、あっという間に富豪となった。

その頃から、もうひとりの母親が、いつの間にかできたらしい。

そこから三人で暮らすことになったようだが、その継母がしつけに厳しかったようだ。義母はかなりの資産家の娘だったようで、森ノ宮にも上流階級の人間に相応しい立ち居振る舞いを身につけさせようとしたそうだ。

彼女はそれが、本当は嫌だったらしい。

だが父親に悲しい思いをさせたくないという思いと、そして死んだ母親を天国で安心させてあげたいという気持ちで、辛いしつけに必死に堪え、今の完璧な『お嬢様』へと変身したという。

だが最近になって、父親の浮気が発覚した。

優等生として育てられ、年頃らしいやんちゃな遊びや、性的なことからは遠ざけられていた彼女。

しかし抑えられると興味はより深くなるもので、いつも目を盗んではイケナイ画像などをネットで探し、オナニーに勤《いそ》しんでいたらしい。

それが父親の事件をきっかけに、爆発したのだという。

『私があんなにつらい思いをしたのに、パパはイケナイことをいっぱいしている』

そう思ったらなにもかも馬鹿らしくなって、自分の性欲に正直になって、ここで働くことになったのだった。

「……私、ただ単にエッチなことが大好きなだけなんです。だから別に不良になったり親に反抗したりとかは考えていないんです」

「そうか……だから、学園ではお嬢様のままだったんだな」

「はい。んんぅ……ここは本当に天職だと思っているんです。たまに嫌なお客さんもいますけど、最終的にはみんな気持ちよく帰っていきますし、次からは優しくなって、いっぱい指名してくれるようになるんですよ♪」

「ほう……若いのにすごいな……男の扱いが上手いわけだ」

彼女なりに色々と苦労もあったらしい。

だがきっかけはどうあれ、この業界に足を踏み入れたのは自分なりに考えたことであって、辛い理由や経済的な問題じゃないということがわかり、少し安心した。

とはいえ、現状については別の、しかもかなり大きな問題が残っている。

しかし、仮に風俗で働くことを止めさせたところで、本人が望んでやっていることだ。

親や学園、そして俺に気付かれないように継続するのは目に見えている。

こうして俺にきちんと事情を話してくれたということは、それなりに信頼してくれているのだろう。

ならば、こうして手の届く場所にいてもらったほうがいい。

助けが必要になったのならば、そのときに手を貸せばいい。それまでは、様子を見るくらいで十分だ。そもそも、俺はすでに彼女の常連なんだから、大きなことは言えない。

そう考えたら、なんだか気が楽になった。

こうしてプレイを愉しむのも、しばらくはいいだろう。

そう思うと急にまた、俺の情慾が膨らんでいく。

「……話してくれて、ありがとう。お礼に、今度は俺から洗ってやろう」

「え？　別にそんな……きゃあんっ♥」

手のひらにヌルヌルのローションをたっぷりとつけて、無防備になっていた彼女の爆乳を掴み、揉みしだいていく。

「あうっ、くんぅぅ……お客さまに洗ってもらったら、サービスじゃなくちゃいますぅ……んんっ、はぁ……あぁぁんっ♥　それにこれって、洗ってないですけど？　んんぅ……ふあぁっ♥」

「そうか。じゃあ、マッサージってことで」

さらに熱を入れて、彼女の乳房を撫で回し、捏ねあげる。

「ちょっとっ⁉　もうぅ……んくっんぅ……適当すぎますよ、先生……」

すでにコリコリに硬くなっている乳首を軽くつまみ、指の腹でくりくりと転がすと、マユは気持ち良さそうに身体を震わせる。

「きゃうぅんっ♥　やだっ、乳首つまんじゃ……んはぁぁっ♥」

「でも、気持ちよさそうな声が出ているじゃないか」

「そ、そうですけど……んあっ、やうぅんっ♥　お客さまに、これ以上してもらったら、ダメですってば……あんぅ……お店にも怒られちゃいます……あっ、んくうぅんっ♥」

「今さらじゃないか？　まあそれなら客じゃなく、担任として生徒の体調管理をしていることにしようか」

「なっ⁉　それはマッサージをされるよりも、もっと悪いじゃないですか……。んくっ、ふあぁっ♥」

　マユが軽く抗議してくる。だが俺はそれに取り合わず、乳輪を指の腹でなぞり、より硬く勃起した乳首を弾くように刺激する。

「んあっ♥　あ、あふっ♥　んんぅ……最初は生徒に手を出すのはとか言ってたのにぃ……んくっ、んんぅ……先生、どんどん性欲に素直になってませんか？」

「それは、そうさせるように誘ってくる、悪い生徒がいるからだろう？」

　からかい混じりに反論すると、俺は彼女の乳房にしゃぶりつく。

「ひゃあぁっ⁉　んっああぁっ⁉　あうっ、またそんな……おっぱい、だめぇ……くうぅんっ♥」

　舐めるだけでなく、吸いつくときにもわざと音を立てながら、彼女の胸を愛撫する。

「ひうっ、んくぅ……そ、そんなに吸って……あうっ、んんぅ……まるで赤ちゃんみたいです……くんんぅんっ♥　普段あんなに真面目な先生なのに……きっとこんな姿を見たら、クラスの女子全員が泣きますよ？」

「んちゅむっ、ちゅっぷっ……それをマユに言われたくないんだがな。まあ男なんてオッパイの前ではただの赤ん坊のようなものさ……あむるっ！　ちゅるっ……ちゅぱっ、ちゅぱっ！」

「ひうっ、んんぅ……それは先生だけですってばぁ……ああんっ♥　もうっ、本当に吸いすぎです……そんなにされちゃうと、大きくなっちゃいますってば……」

どうやらそれが嫌で、乳首を吸われるのにためらいがあるらしい。

「んちゅむっ……それって都市伝説じゃないのか？」

「え？　うーん、本当のところはわからないですけど……んくっ、はんぅ……でもオッパイが大きいのはいいけど、乳首が大きくなりすぎるのは、恥ずかしいんですよ……。なんだかちょっとだらしないし、お風呂だと同性からもジロジロ見られちゃうし……んっ、んんぅ……」

「んちゅむっ……それは大変だな……あむっ、ちゅぱっ！」

「す、スルーですかっ⁉　むぅぅ〜〜っ！　とにかくもうっ、ダメですっ！」

ぶるんっ！　べちんっ！

「ぬおっ⁉」

イヤイヤと胸を振って俺の口から離れると同時に、爆乳でビンタしてきた。

「んんぅ……とにかく、もうオッパイは禁止ですから」

そのままくるっと後ろを向いて、素晴らしい膨らみを隠してしまった。

「おいおい……お客さん相手にそんなことしちゃダメだろう？」

「あれ？　先生はお客さまとして来たわけじゃないんですよね？　じゃあ問題ないですね～～♪」

「むむっ⁉　まさかここで自分の発言が首を絞めるとは……」

「あはははは♥　きっと天罰ですよ。自分の教え子の乳首を大きくしようとした、ヘンタイ先生への♪」

そんなことを言って楽しそうに笑った。

そう言えば、彼女がこうして声を出して笑っているのを、初めて見た気がする。

それだけ打ち解けてくれているのかもしれない。

今までは、顔見知りになるほど仲良くなった嬢はいなかったから、この親しい雰囲気でのプレイは、ちょっと新鮮な感覚がした。

そしてそんな彼女のことをもっと知りたいと、純粋に思ってしまった。

とはいえ、ちょうどいいところでオッパイを取り上げられてしまう。

愛撫好きの俺には、まだ弄り足りない。

どうしたものかと考えながら、綺麗な彼女の後ろ姿を上から下へと眺める。

「……うむ。仕方ないな……」

背中から視線を下に向けていくと、オッパイと同じくらいに美味しそうな果実があることに気づく。

「やっと諦めて落ち着きました？　それじゃあきちんと、私がサービスを――」

「じゃあ、オッパイのかわりにこっちで楽しませてもらおうっ！」

むにゅっ！

「ふへっ⁉　むにゃあぁんっ⁉」

彼女を四つん這いにさせて、そのきめ細やかできれいな肌の桃尻を、両手で思いっきり鷲掴みにした。

「ほお……マユはこっちも素晴らしいものを持っていたんだな」

「んえぇっ⁉　あうっ、んくぅ……ああんっ♥　オッパイの次はお尻なんて……どれだけ膨らみが好きなんですかっ？　ふんんぅっ♥」

手のひらに吸いつくような肌と、もっちりした感触。

オッパイほどではないものの、これはこれで素晴らしくエロい膨らみだった。

「んあっ、はうっ、んぅ……オッパイのときよりも、手つきがいやらしすぎます……んんぅ……ああっ♥」

忘れていたマッサージを再開するようにして、ローション塗りたくって揉みまくる。

「ほほう……鮮やかなピンク……」

「えぇぇっ⁉　ちょっ、どこを見てるんですかっ⁉　なにが鮮やかなんですっ⁉　んんぅ……そ、そんなに開いて見ちゃ、駄目ですってばぁっ！」

さらに開いたり閉じたりして、股間の中央に隠れる秘部とアナルを、くぱくぱとさせて反応を楽しんだ。

「ふむ……こうして健気にぎゅと閉じようとがんばっている姿……あまりじっと見たことがなかったけど、意外と可愛いな」

「や、やっぱりお尻の穴を見てるっ⁉　あんぅ……そ、そんな汚いところ、見ないでくださいっ、先生っ！　あううぅ……」

ここで働いていれば、見られることは多いはずなのだが、マユは意外と本気で焦っているようだ。

「もしかして、アナルは使ったことないのか？」

「も、もちろんですよっ……んんぅ……お客さんに、たまにお願いされるけど、断ってます……。だって汚いし……って、もしかして先生って、アナリストですか？」

「ナニを分析してるんだ俺は。そんな専門家みたいに言うなよ。まあ俺もそっちは趣味じゃないかな」

風俗に長年通ってはいるが、そっちの特殊なプレイには、残念ながら（？）食指が動かなかった。

「んんぅ……よかった……もしそうなら、ちょっとがんばらないといけないかと思っちゃいました」

「別に、そこまでしてもらうつもりはなかったけど……え？ 頼めばしてくれるのか？」

「きょ、今日はダメですからね。本当にしたいなら、ちゃんと前の日に言っておいてください……じゅ、準備はしますから……あんぅ……」

そう言って振り向きながら、頬を赤くして見つめてくる。

他の人には断ると言ってたのに、随分と俺にはサービスしてくれる。

やはり内心では、弱みを握られていると思っているのかもしれない。

「はは、大丈夫だ。今後もそのつもりはないから安心してくれ。それより、俺は断然こっちのほうに興味があるからなっ」

「んくぅんっ⁉ ふあっ、あっ、指が中に……んはあぁんっ♥」

すでにトロトロになっていた秘部に指を突っ込み、広げるような愛撫でかき回していく。

「はあっ、んはあぁんっ♥ そんなほじるようにしちゃ、イヤですぅ……んんぅっ♥ オマンコの中まで見えちゃいますよぉ……んはあぁっ♥」

挿れた指先は愛液にまみれてヌルヌルだ。

陰唇も十分に充血して膨らみ、膣口も濡れほぐれて、準備万端。

それを確認すると、もうたまらなくなってきた。

「ああ……こんなにエロく誘ってきて……もう我慢できないっ！　このままもらうぞっ！」

「はっ、はんんぅっ♥　は、はいぃっ♥　私も待てないですぅ……んんぅ……そのままでもいいですから、早くぅっ♥」

「いや、そうはいかないな」

一旦冷静になった俺は、もちろんゴムはしっかりとはめた。

「んえぇ～～っ⁉　私は、いつでもいいのにぃ～～」

「あのなぁ……マユはもう少し自分を大切にすべきだぞ？　まあ、機会があったらそのときはしてもらうから、今はこれで楽しませてくれ……よっ！」

彼女のお尻を俺の股間で叩くようにして、後ろから思いっきり突き挿れた。

「ひゅぐっ⁉　んっっ、くはあああぁっ♥」

いつも通りに、しっかりと受け止めて絡みつく膣壁が軽く震えている。

どうやら俺の挿入を、しっかりと歓迎してくれているようだ。

「ふあぁぁ……ああっ、やばいですこれぇ……んんぅ……ふ、深いところまでみっちりハマっちゃって……一瞬、目の前が白くなっちゃいましたぁ……♥」

「ん？　そんなに欲しかったのか？　それは待たせてすまなかったなっ！」

「んはあぁんっ⁉　あっ、ま、待ってて っ、まだ落ち着てな……いいぃんっ♥」

もう締めつけてくる膣口を、逆に押し返してほぐすように、肉棒に力を漲らせて腰を振りまくる。

「ふあっ、やうっ、んんぅ……んはぁぁんっ♥　ああっ、そんな……はうっ、んんぅっ♥こ、こんなにパンパンしちゃっ、私すぐイっちゃうぅっ♥」

今までの愛撫がよかったのか、それとも浴室の暖かさで血行がよくなっているのか。

まだ大して往復していないが、今日は随分と感じやすくなっているらしい。

「んくっ、んはぁっ♥　先生のオチンポっ、よすぎですよぉっ♥　はうっ、んんくぅ……んああぁっ♥」

丸みを帯びたお尻が、俺の指を受け止めてかたちを変える。

ぐっと腰を突き出すと、彼女の身体に力が入り、膣道が肉竿を締めつけていった。

「んぁっ⁉　やううぅ……か、勝手にオマンコが締まっちゃって……。あうっ、んはぁんっ♥　ああっ♥　先生すご……んっ、くううぅんっ♥」

「おおっ⁉　ああ……これは確かにすごい喜びようだ」

彼女はかわいらしい声をあげながら、抽送を受け入れている。

美少女が四つん這いで後ろから突かれている姿は、いい眺めだった。

「あふっ、あうっ！　くんぅ……んあっ、はあぁっ♥」

マユの嬌声を聞きながら、さらに大きく腰を動かしていく。

「あうっ、んくっ、はっ、はあぁ……後ろからワンちゃんみたいにされちゃってぇ……。んっ、んはぁっ♥　私の色々が見えちゃって……恥ずかしすぎますぅっ♥　んくっ、ふはあぁっ♥」

打ちつけるたびに波打つお尻が、実に卑猥でたまらない。

「はうっ、んんぅっ♥　本当にもう、すぐぅ……はっ♥　はあぁっ♥」

「ん？　あ、そうか……」

彼女の背中の横側で、隠しきれない爆乳がブルンブルンと揺れていた。

「んえ？　な、なにに、気がついちゃったんですか？　先生……んくっ、んんぅ……」

「いや大したことじゃない……ただ、念願のものを手に入れられそうだから、嬉しいんだっ！」

むにゅっ！

「ひゅああぁっ!?　あっ、またオッパイにぃ……んんぅっ♥」

恋しかった柔らかさを手にして、俺は腰を振りながら、後ろから揉みまくった。

「んくっ、んはあぁっ♥　あっ、あぁあっ!?　そ、そっちも一緒にしたらぁ……んっ、んぅっ！　感じすぎちゃいますぅっ……んくっ、んんぅっ♥　こ、これじゃ私だけで、イっちゃうっ♥」

「全然、構わないぞ。思いっきりイってくれ！」

「んいぃぃんっ♥ ひうっ、ぅあっ、やうっ、んはぁぁっ♥ オチンポ反って……ああっ、イクううううぅぅぅぅっ♥」

俺が思っていたよりも、本当に感じまくっていたようだ。

「んあゅ、はあっ、はううぅ……んんぅっ♥ す、すごいぃ……こ、こんな簡単に私ぃ……はあっ、はあぁぁ……」

「あ……本当だったんだな。てっきり、もうちょっと余裕があると思って、わざと力んだんだが……まあ、気持ち良かったならいいか」

「はあっ、はんぅ……い、いいですけど……んんぅ……でもウソみたいです……あんぅ……バックでこんなに早くきちゃうの、初めてですよぉ……」

「はは、リップサービスがうまいな。でも残念だがチップは弾んであげられないぞ？」

「うなっ⁉ ち、違いますよっ……んんぅ……本当にそんなんじゃなくて……」

「まあどちらにしても、まだまださせてもらうんだがなっ！」

「きゃううぅんっ⁉ ふあっ、あっ、んはぁぁっ♥」

今までだって連続は経験しているだろうし、続けても問題ないだろう。

そう軽く考えた俺は、ビクついて震える絶頂したての膣内を、遠慮なく行き来させていった。

「んあっ、あうっ、はあぁ……あぁぁっ♥ ま、また、イってますせんせぇっ！ あうっ、んはぁぁんっ♥　び、敏感になりすぎてっ、気持ちいいのっ、きすぎてますぅっ♥　んくっ、んふぁぁあぁっ♥」

「うぐっ⁉　くっ、まだこんなに締まるのか……さすが鍛えてるだけのことはある……これは俺も出そうだっ！」

「うくぅんっ⁉　んあぁぁっ！　ま、まだ激しくっ⁉　んあっ、ああっ、イキオマンコに容赦なさすぎですよぉっ！　あうんっ、んあぁぁんっ♥」

「はは、そんな大げさだな。マユならこれくらい、何回も経験してるだろう？」

「んんんんぅっ♥　そ、そんなことないですよぉ……。最後までは……しないんですぅ……。あっ、あうっ、んんぅ……それにこんなにいっぱいなんてぇ……あうっ、くうぅぅんっ♥」

「まあいいさ。もうすぐだから……付き合ってくれっ！」

「ひゅあっ⁉　んひぃぃぃんっ♥」

限界がすぐに見えてきたので、彼女の腰をしっかりと持って、思いっきり腰を振ってラストスパートをかけた。

「うあっ、ああぁんっ♥　いっ、いっ、イキすぎてますぅっ♥　んあっ、はあぁんっ♥　良すぎて頭が真っ白にぃ……んんっ、んはぁぁっ♥」

「おお、イクぞっ！」

ぴたんっ！

股間で彼女のお尻を打ちつける音が出るのと同時に発射する。

ドピュルッ！　ビュクッ、ビュクッ！　ドププッ、ビュルルルルッ！

「んひぃぃんっ⁉　いっっくううううぅぅぅぅっ♥」

俺の射精と共に大きく背中を反らして、マユはまた絶頂したようだ。

「んくっ、んふあぁぁ……はあっ、んんぅっ♥　ま、また目の前がぁ……真っ白になってぇ……はあっ、あぁぁっ♥」

「くうぅ……膣圧、すごいな……若い子は……」

搾り取られるようにして、またきつく締めつけられてしまい、俺は落ち着くまで彼女の中で留まった。

「んあっ、はあっ、はあぁ……お店でこんなぁ……連続でイっちゃうなんてぇ……す、すごいですぅ……あふっ⁉」

ぐにゅっ……。

不意に彼女の四肢から力が抜け、下に敷いてあったマットに倒れ込んだ。

「え？　だ、大丈夫か？　もしかして、のぼせたか？」

「んんぅ……気持ちよくて力が出ないんですよぉ……もうぅ……先生、やりすぎですぅ……はあ、はんんぅ……」

「そ、そうだったのか……それはすまない……」

どうやら、たまたま俺の調子がすごく良かったらしい。

思いの外、マユを絶頂させることができたみたいだった。

「先生って……女の子にモテるでしょ？　んぅ……」

しばらくして落ち着くと、少し気だるそうにして身体を起こしながらそんなことを聞いてきた。

「は？　そんなわけないだろう？　大体、モテてたら、未だ独身のまま過ごしてるわけないじゃないか」

「はい、先生に恋人がいないことは知っています」

「うっ……」

事実なのだが、あらためてきちんと言われると、意外と心に突き刺さる。

「私が言っているのは、異性に普通にモテるという話ではなく、お店の女の子にって意味です」

いたいけな中年の心の傷口にさらに、もう一度、深く、彼女の言葉が突き刺さる。

「ああ、なるほど……でも、そんなことも、残念ながらないんだけどな」

「そうなんですか？」

マユは本気で驚いているようだ。

「ああ、そんなことを言われたのは、マユが初めてだ」

「おかしいですね……だったら、なんで先生とすると気持ちいいんだろ……」

「他の客相手にも、同じようなものなんじゃないのか？」

「たしかに気持ちはいいですけど……ぜんぜん違います。こんなに感じるのは先生だけです。だから……もっと、何度だってされてもいいって思ってますよ♥」

「褒めてもらってるんだよな？　そう言われるのは悪い気はしないし、照れるな」

彼女なりのリップサービスだろう。そう思っていても、胸が高鳴ってしまった。

だがあくまでも、客と嬢の会話だ。

それくらいの一線を守れないほど、俺は若くない。

「きっとこれが、身体の相性がいいってことなんじゃないですか？」

「どうなんだろうな。俺に聞かれても、マユの身体のことだから、断言はできないが……」

確かに、俺との行為の最中、マユは気持ち良さそうだ。

他の店の嬢に比べても反応がいいので、俺も気分よく、楽しく彼女の相手ができる。

そういうところも、人気のある理由の一つだと思っていたのだが……違うのだろうか？

「ふふっ、それを確かめるためにも、またお店に来てくださいね？　今度は私が誘わなくてもですよ？」

「あ、ああ……そうさせてもらうよ」

「絶対ですからね？　先生の予約は優先しますから♥」

そんなこと、今まで一度も言われたことがない。

「ああ。絶対だ」

「はい♪」

今までの人生で上位に入るほどの嬉しい言葉で、俺は上機嫌になりながら、彼女に見送られてプレイルームを後にした。

第三章　もっと知りたくて

俺はもう、すっかりマユの常連になってしまった。

仕事が終わり、彼女が店に出勤しているかをスマホで連絡して、出ていれば直ぐに予約を入れて向かう。

性欲の解消のために風俗を利用していたはずだが、最近ではマユに会うために通っているような状況になっていた。

それに、俺たちが会うのは店だけじゃない。

時々にすると言っていたお昼のお誘いも、気づけばかなりの頻度になっていた。

秘密を共有している俺たちの関係は、時間や身体を重ねるほどに、よりいっそう親密になってきている。

もちろん、他の人間に知られるわけにはいかない。

学園では、違和感を抱かれるようなことがないように、以前にも増して慎重に行動するようにしている。

なのでまだ周囲には、面倒見のいい先生と勉強熱心な生徒くらいに見えているはずだ。程よい距離感をちゃんと保ち、表面上はいつも通りの、平穏な日々を続けていた。

もっとも、店で客と嬢として会うときは別だ。

森ノ宮——いや、マユは、俺に心を許してくれているのか、距離感は、ほぼなくなっていた。

交流を深めていくうちに、表向きの優等生とも、ドスケベ全開なときとも違う部分を、俺に見せてくれるようになってきた。

森ノ宮の本来の姿は、たぶんこっちなんだろう。

それを俺にだけ見せてくれているということは、それだけ信頼してくれているというわけで。

彼女のその思いに応えるように、俺も素の状態で接することが多くなってきた。

といっても、俺の場合はそこまで変わっているわけではなく、ただ性欲を包み隠さなくなったくらいだ。

エロいのはお互いによくわかってきたので、さらに全開で求め合い、プレイの回数は増えていく。

そんなわけで今日もまた、いつもの店の扉を開く。

そしてここにきて初めて、俺からプレイ内容を指定することができた。

客が選べないシステムなんじゃないかと、わりと本気で思っていたので、ちょっと感動する。

さて、その記念すべき初めてのチョイスで、俺が選んだのはもちろん――。

「……いいんですか？　他のプレイルームもあるのに……」

裸になったマユが、桶の中でローションを温めながら、不思議そうな顔をした。

少し湯気の舞う中で、俺はまた浴室プレイを指定していたのだ。

「ああ、ここがいいんだ。ローションプレイは好きだからな」

……というのは建前。

本心としては、俺自身の違う性癖が、開花してしまうのを警戒していたのだ。

あの学園プレイ以来、どうも本業のほうで、授業中でもムラムラしてしまうことが多くなってしまっていた。

特にお嬢様状態のときの彼女を見ていると、すぐにでも『マユ』を抱きたくて、しかたがなくなってしまうのだ。

何年も風俗に通っている俺からしたら、この公私混同っぷりは初めての経験だった。

これはさすがに、社会的にも非常に危うい兆候だ。

もし今、新たな特殊プレイをマユとしてハマってしまったなら、特定の場所に行ったときに、それだけで暴走してしまうかもしれない。

そう思い、自分を律して、彼女とするときは一般的な浴室プレイ縛りにすることを決めたのだった。

「へー、そんなに好きだったんですか？　あんまりそんな感じじゃなかったですけどね……もしかして、他に理由があったりして？」

……賢くて勘のいい嬢は、困るなぁ。

「……ちょっとだけ、自分から言うのが恥ずかしかっただけだぞ？　それにほら、マユの裸が素晴らしすぎるからな。見たくなるんだ」

「あっ……んあぁんっ♥」

流れるように嘘を言いながら、彼女のお尻をひと撫でして、ごまかす。

「ふふ、お上手ですね。そういう先生には、今日もしっかりサービスしてあげないといけませんね♥」

どうやら本心までは悟られなかったようだ。

「あっ……随分と期待しちゃってたんですね。今すぐ弄ってあげます……ほらっ♥」

程よい温かさのローションと一緒に、彼女の細い指が、勃起した竿に絡んでくる。

「おおぉ……あぁぁ……」

思わず深い溜め息が出るほど、気持ちいい。

「ふふ、とっても気持ち良さそうな顔をしてくれますね♪　はぁ……そんな顔をされたら、もっとしてあげたくなっちゃいます♥」

「おふっ⁉　くおおぉっ……たまらん……」

全体を扱きつつ、絶妙なタイミングで裏スジをなぞり、さらにアクセントで尿道口もくすぐってくる。

彼女の極上の手コキを、しばらくじっくり堪能していく。

「んんぅ……あっ、先からカウパー♪　んふふ……オチンポが泣くほど気持ちよくなってきてるんですね♥」

「んっ……マユにかかるとすぐこれだ。俺の息子はずいぶんと泣き虫になったようだ」

押し寄せる快感に、全身が熱くなる。

性欲が刺激されて、とても良い。

しかし、こうしてマユに奉仕をしてもらっているもいいが、ちょっと手持ち無沙汰だ。

せっかく自分で選んだプレイ内容なのだ。時間を有効に――そして、大いに楽しみたい。

「いつも良くしてくれて、マユには感謝しかないな」

「え……？　これくらいのことは、普通のサービスですよ？　それに、お金をもらってるんですから、当然だと思いますけど……」

「よし。そんなマユへの感謝の気持ちに、俺からのお礼をぜひ受け取ってくれ」

「あ、あれ……？　なんだか、話が噛み合ってな……いいぃんっ⁉」

こっそりとローションに浸した手で、彼女の膣内に指先を素早く滑り込ませた。

「んくぅぅんっ♥　んあっ、はぁ……やっ、ちょっと先生っ⁉」

突然の異物の挿入に反応してか、マユのオマンコが挿入した指をきゅっと締めつけてくる。

そのまま指を軽く曲げたまま、軽く前後させる。

「んっ、んんぅ……いたずらしちゃ、ちゃんとサービスできないですってば……あぁぁんっ♥　もしかして最初からこうするために、下手なお世辞を……」

「下手だなんて心外だな。今の言葉に嘘はないぞ？　もっとも、こうするつもりだったのは否定しないが」

手首を使って、前後だけでなく左右の動きも加える。

愛液とローションでとろとろになっている膣内をかき混ぜるたびに、ちゅぐちゅぐと淫らな音が聞こえてくる。

「んはっ、あ、やあ……んんっ♥　あっ、あっ、いきなり、激し……だめぇ……んあぁっ♥」

言葉とは裏腹に、マユは昂ぶってきているのがわかる。

熱くて未だにフレッシュ感のある膣壁を、軽く擦るように弄っていくと、少しポツポツとした場所が当たった。

「あっ、あっ、そこ感じちゃうとこっ……弄ったらぁ……んはぁぁっ⁉」

その弱点——Gスポットに指の腹を押しつけるようにして、ぐりぐりと刺激してやると腰が跳ねた。

「やっ♥　んくうぅんっ♥　んあっ、いやぁ……そこすごすぎて……んんぅっ♥」

マユの表情や喘ぎ声を聞きながら、彼女がより感じる場所を探り、触り方を変えていく。

「はぅっ、んはぁ……先生っ、ダメぇっ♥　敏感すぎて、すぐおかしくなっちゃうやつですぅっ♥　はううぅんっ⁉」

ひっきりなしに甘く喘ぎながら、マユが昂ぶっていく。

このまま、一度……イカせるか？　そんなことを考えながら、さらにオマンコをかき混ぜようとして——。

「あぐっ⁉　ちょっ、ちょっと待って！」

無意識にか、マユがあまり加減なく肉棒を掴んできた。

「んあっ、はあっ、はんんぅ……急にイタズラして……。本当にいやらしい手なんですから……」

少し余裕を取り戻したのか、マユはいたずらっぽく笑うと、握った竿を扱き始めた。

「そういう困ったお客さまは、さっさと手コキでイってしまえばいいんです、こんなふうにっ♪」

亀頭を揉むように擦り、裏筋を撫で、指で作った輪で張り出したカリ首を刺激してくる。

「お、おお……！」

先ほどまで、俺にいいように責められていたマユは、再び主導権を握ろうと、よりいっそうの熱を込めて手コキをしてくる。

気持ち、いい……！

このまま、彼女の愛撫に身を任せてしまいたい。そんな気持ちを抑えながら、俺は再び指を動かす。

「うっ……ま、まだまだっ！」

「んはぁあんっ!? ひゃあぁんっ♥ ちょっ!? あ、あっ、ああっ♥」

Gスポットを刺激しつつ、膣口付近に待機していた親指で、小さく可愛らしいポッチを軽く擦る。

「そこ……クリも一緒にするの、ひきょう……ですっ♥ あ、それ、されると、感じる……んはっ、ううぅんっ♥」

ウイークポイントの二点責めは、マユにかなり効いている。

はずだったが――。

「んくっ、んんぅ……絶対先に射精させますからね……んくっ，んんぅっ！」

さすがは指名上位の嬢だ。簡単には素人愛撫には屈しないらしい。

「ぐぬぬぬ……ま、負けるかっ！」

二本に増やした指を交互に出し入れする。

マユの興奮と性感を煽るように、より激しく、より深く責めたてていく。

「やうっ、んはあぁぁんっ♥　はうっ、んんぅ……私だってぇ……ああっ、はんんっ！　ふあっ、はあぁんっ♥」

さらにローションを追加した手マンに、同じくヌルヌルの手コキで対抗してくる。

お互いが、お互いの股間を弄り合う競争のようになっていく。

「ひゃうっ⁉　んんぅっ♥　クリだけじゃなく、奥まで擦られて……あうぅ、んんぅっ♥　はっ、はあぁんんっ♥」

快楽と共に手の動きが加速していく。

ぐちゅぐちゅと粘つく水音を奏で、泡立って白く濁った愛液が幾筋も糸を引く。

「あうっ、んはあぁ……やだ、これもう本当に保たないかもぉ……んんっ、はうぅ……あぁんっ♥」

「うおっ⁉　ぐくっ……やばい……」

ふたり共、かなりやばいところまで上りつめてしまう。

「んんっ、ふあああぁ……はううぅんっ⁉ やんっ、ま、待ってぇ……んんんっ♥」

「くうう……た、タイムタイムッ！ 一旦落ち着こうっ！」

どちらからというわけでもなく、自然と一旦手を止め、限界を突破しそうな快楽の波を耐えた。

「んんぅ、んはぁぁ……はうっ、んはぁぁ……か、かるくイきかけちゃったぁ……んんっ、んあうぅ……」

「うむむ……って、俺たちはいったい、なにをしているんだろ……？」

おかしいテンションからふと我に返ると、自分の大人げなさに情けなくなって、旧に素へ戻ってしまった。

だがマユには、そんな自分の行動を振り返らない若さがあった。

「んんっ、んはぁぁ……も、もう我慢できないくらいに、火照っちゃいましたぁ……せんせぇっ♥」

「……え？ な、なんか目が怖いぞっ⁉」

どうやら、マユの中に眠る（？）肉食のスイッチが入ってしまったらしい。

「んふふふ……怖いのはこれからですよ……えいっ！」

「ぬおっ⁉ ま、またこのパターンっ⁉」

鼻息を荒くした彼女に押し倒されると、すぐに上に跨られてしまう。

「んふ～～っ、んふ～～……今度は本当にじっとしててくださいねぇ……場合によっては折れますよぉ～～？」

「お、折れっ⁉　おおうっ！」

「あはぁっ♥　はわあああぁぁぁぁぁっ♥」

そして驚くほど簡単に、程よく狭くて柔らかかい膣内へと、肉棒をすべて飲み込んだ。

「あっ、あぁぁっ♥　奥までピッタリはまってぇ……今のでもう、気持ちいいの、きたぁあぁ……♥」

挿入の余韻を、天を仰いで感じていく。

そして、ゆっくりと俺に顔を向けたので、そのまま見下ろしながら腰を振る、そう思っていたが――。

「んんぅ……せんせぇっ♥」

ふわふわの爆乳だけでなく、ローションで濡れた全身を密着させるようにして、抱きついてきた。

「ど、どうした？　なんだかいつもより、こう……また違う感じで積極的というか……」

「んんぅ……私もわからないですけど……んんぅ……先生とこうしたくてぇ……んんっ、はあぁ……。このまま、ぴったり寄り添って、エッチしたいんですぅ……んんっ、んはぁぁんっ♥」

身体を俺にしっかりとくっつけながら、腰をコンパクトに振ってくる。

この体位は、いわゆる本茶臼だろう。

「んんぅ……んあぁぁんっ♥　はっ、はぁぁんっ♥　なんでだろう……先生とすごく繋がっている感じがしますぅ……。んぅ、んくぅぅ……この感じ、いつもとは全然違いますよぉ……はぁぁんっ♥」

俺に全身を擦りつけたいという彼女の気持ちが、その行動から伝わってくる。

それではまるで、イチャイチャしている恋人のようだ。

まあ恋人がいたことのない素人童貞の、ただの妄想なわけだが……。

「ん……今日はやけに抱きついてきて、まるで甘えているみたいだな」

「んあっ、はううぅ……んくっ、んぅ……そうなのかもしれませんね……んんっ、んはぁ……このガチガチオチンポが入ってきたら、先生と密着したくってぇ……ああ……なんだか熱い気持ちが溢れてきちゃって……んんぅ……」

そう言った彼女は、いつもよりも熱っぽい瞳でじっと見つめてくる。

うっ……な、なんだ？　もしかして、ただからかっているだけなんじゃ――。

「んんぅっ♥　ちゅっ……」

え……？

一瞬なにが起こったのか、わからなかった。

彼女の顔がいつもより近いなと思ったら、次には唇が柔らかいもので塞がれていた。

「んちゅ、んんぅ……ちゅっ♥　んはぁぁ……ああんっ♥　はんんぅ……。気持ちいいぃっ♥」

自然と離れると、なにもなかったかのように、気持ち良さそうに腰を振る。

そこでようやく、それがキスだったということに気付いた。

「………い、いいのか？」

「んっ、んはぁ……え？　なにがですか？」

よくわからないというような顔で、俺を不思議そうに見つめてくる。

「いや……まあ大したことじゃないなら、いいんだが……」

どうやら自分からキスしてきたことに、気づいていないらしい。

こういう店の場合、大抵はキスを嫌がる子が多い気がする。

こちらから追加でお願いするか、キスが好きだという嬢以外は、自分からしてくるイメージはなかった。

だが、恋愛にこだわりがないというマユは、あまり気にしないのかもしれない。

「んんぅ……ちゅむぅんっ♥」

「んんっ⁉　んっ……」

またキスをしてくる。

俺も嫌いではないので、そのまま受けた。

「んちゅむっ、ちゅんんぅ……んりゅっ、れるっ、ちゅぅ……」

舌を絡める深いキスを、随分と熱烈にしてくる。

そこまで発情するくらいに、愛撫がよかったのだろうか？

「んっ、マユ……んむっ」

「んんぅっ♥　んふふっ♪　んちゅぅ……んくっ、んんぅっ♥」

疑問には思いながらも特に気にせず、こちらからもキスをして応える。

「ちゅぷむっ、んはぁんっ♥　はあっ、ああぁんっ♥」

湯気の残る浴室の中に、彼女の艶めかしい声が響いていく。

いまだに俺の上に覆い被さるように密着し続けながら、腰を巧みに動かしていくのは、感心する。

しかもそれが、すごく気持ちがいいのだ。

「んくっ、んんぅ……ちゅむっ、んんぅ……んはっ、あふっ♥」

キスを混ぜながらの絡みもいいが、爆乳もいい仕事をしている。

むにゅりと柔らかく押し当てられる感触で癒やされ、さらにコリコリの乳首が擦れていくのも、たまらない。

「んあぁ……このご奉仕でぇ……いっぱい感じてくださいね、せんせぇ……♥　んんっ、ああぁっ♥」

蜜壷がしっかりと肉棒を咥えこみ、しごき上げてくる。

「くぅ……ああ、気持ちいいぞ、マユ……気持ちよくてこっちも動いちゃうなっ！」

「んんぅっ？　んはあぁんっ⁉　あっ、はあああぁんっ♥」

かなりの快感に、こちらも我慢できなくなって、自然と腰を突き出していた。

「あうっ、んあああぁっ♥　ま、またイタズラぁ……んんっ♥　これじゃご奉仕サービスできないぃ……んくっ、ふああぁんっ♥」

「別にマユの仕事を邪魔したいわけじゃないんだが……悪い。やっぱりこれ、止まらないんだっ！」

「んやあぁんっ⁉　ふああぁっ♥　あっ、あはあぁっ♥　お、思いっきりカリが引っ掻いてきてぇ……んんっ、んくうぅんっ♥　きちゃってますぅっ♥　ああっ、んはあぁっ♥　んちゅむっ！」

「くむっ⁉　んんぅ……」

またキスをしながら、俺の突き上げに合わせて彼女のほうも腰を押しつけてくる。

その甘く濃厚な雰囲気に、思わず本当に、恋人同士のような錯覚をしてしまう。

「んあっ、はあっ、あぁ……んあっ⁉　今度はすごいアクメっ、きちゃううぅっ♥　んくっ、んあぁっ♥」

この密着騎乗位は……今までの風俗ライフの中で一番気持ちいいかもしれない。

「くぅ……ま、まずい、もう……」

「んあぁぁ……もうイっちゃうぅ……んあっ、はぁぁ……最後にこのまま、ほしいですっ、せんせぇっ♥　んちゅっ、ちゅむぅんっ♥」

あっ！　そういえば、また生だっ！

やっとそう気づいたときには、もう遅かった。

「んちゅむっ、ちゅむぅんっ♥　ちゅぷっ、ちゅくぅぅんっ♥」

肉棒をまったく放そうとしない膣口と、ぴっちりと密着させた艶体が、抜こうとする俺の動きを拒む。

そして唇は熱烈なキスでふさがって、なにも伝えられない。

「んちゅっ、ちゅぷっ、んんんぅっ♥　んはぁっ！　イクぅっ♥　ちゅ～～っ！　んちゅむっ♥」

「くぷっ⁉」

ドプドプドプドププッ！　ドプルルッ、ビュククッ、ビューーッ！　ドビューーーーッ！

「んっくふううぅんっ♥　んぷっ、んぷうぅ……ちゅふううううぅぅぅうっ♥♥」

熱いキスをしながら、絶頂に震える膣奥にすべてを注ぎ込む。

「んぱっ！　んはあぁぁあぁっ♥　あっ、あぁぁ……ドプドプザーメンでっ、まっしろに

くれた。

そして最後まで、俺の身体にしがみつくように抱きついて、マユはすべてを受け止めてくれた。

射精のたびに何度も膣内が震え、その絶頂の強さを伝えてくる。

「うおっ⁉ うねりがすごすぎるっ……」

いいぃっ♥」

「んっっくはぁぁ～～っ♥ んはっ、はぁぁ……こ、こんなにぃ……頭がクルクルしちゃうイキ方なんて……初めてですよぉ……んんぅ……。キスしちゃうとぉ……こんなにすごくイっちゃうんですねぇ……んんぅ……♥」

「……は？ な、なんだってっ⁉」

全身を脱力させ、俺の上で息を整える彼女に思わず聞き返した。

「いや、その……キスは初めてじゃないよな？」

「んんぅ……？ 初めてですよぉ……んんぅ……。お客さまとしたこともないしぃ……。男の人としたことだってないですぅ……んんぅ……♥」

「そ、そうなのか？ い、いやいや……そんなことって、あるのか？ だって客とするのは初めてでも、付き合っていたらキスくらいするだろう？」

「んんぅ……だって私、きちんと付き合ったことないですし……あんぅ……」

「なっ⁉ それは初耳なんだが……」

どうやら、恋愛に興味がないというのは本当だったらしい。

ということは、マユもまた素人処女……ということになるのだろうか？

「んんぅ……まあお店抜きで会いたいって人もいましたし……。それなりに会ってはみましたけど、でも大体、みんなセックスしたがるばかりでキスなんて……。それに、私からもしたいって思った人は、いなかったです……」

「そ、そうか……じゃあなんで俺とはしたんだ？」

「んんぅ……なんででしょう？　はあぁ……わかりません。でもそれは、今はいいかな……。気持ち良かったですよ……先生」

「そ、そういうものか……？」

彼女にとってみれば、ただの気まぐれだったのかもしれない。

だがそれだけでは説明できないくらいに、熱心に求めてきていたような気がする。

「そういうものですよぉ……。それよりも延長していいですか？　ちょっと良すぎて、動けないから、もう少しこのままでいたいんですけど？」

「え？　ああ、まあ……少しくらいならな」

「やったー！♪　はあぁ～～♥」

俺の胸に頬を寄せながら、安心したように息を吐く。

あまり腑に落ちないが……まあ気持ちよかったのは確かだったし、安心しきった横顔とぬくもりを感じていると、どうでもよく思えてきた。

テスト、受験、進学。

人生において三年生は重要な分岐点である。

少しばかり年齢を重ねて世間を知っている人間ならば、学生時代の数年と、その後も長く続く人生を天秤にかければ、どちらを優先するかなど悩むまでもない。

だからこそ将来の選択肢を増やすためにも、さらに力を入れて勉強をがんばらなければならない……のだが、青春真っ只中のこの時期は、色々なものに興味が出て、様々な誘惑に乗ってしまう者も多い。

そんな中、多数の生徒たちの成績が落ちるという問題が発生した。

若い彼女たちにとっては、遠い未来よりも目の前にある現在のほうが、ずっと重要だというのもわかる。

俺の担当しているクラスにはそんな生徒はいなかったが、これは学年――いや、学園全体の問題となった。

原因について調べてみると、成績の落ちた生徒たちが無許可でアルバイトをしていたことが発覚した。

そのことは教職員だけでなく、その上――理事たちにも伝わった。

この学園ではアルバイトは許可制であり、特に進学をベースにしている上位クラスでは厳しい基準が設けられている。

条件を満たさず勝手に、または学園から許可を取るのを面倒がって隠れてアルバイトをする者が、毎年かならず出る。

しかし、今まではならばそれも僅かなもので、問題になることはなかった。

だが今回はかなりの人数がしているとわかり、教員としても保護者に向けたなんらかの対策を示さなくてはならなくなった。

そこで、同じようなことが起きないようにと、教員による街中の見廻りをすることになってしまったのだった。

もちろん俺もその見廻りに駆り出され、授業が終わった後に、繁華街を周ることになった。

そのことで、俺も店へと入ることが、しばらくできなくなってしまった。

そして巡回教師が増えたことで、森ノ宮も出勤するのが難しくなっているようだ。


そんな対策が始まってから、そろそろ二週間。

いちおう、その期間は一ヶ月程度を目処にすると言われている。

しかし無断バイトをしている違反者が、また新たに見つかってしまった。

この調子だと、もう少し期間が延びても不思議はない。

俺が心配なのは、その間の森ノ宮の行動だ。

通常のバイトとはいえない風俗の嬢をしている彼女にとって、見つかったら最後、注意や停学ではなく、いきなり退学ということもありうる。

彼女の働いている店の付近も、巡回コースの一部だ。

特定の学生への忖度《そんたく》は許されないことだが、彼女にだけはそのことを伝えてある。

さすがに今回は、警戒しているようだ。

ここしばらくは、休んでいるという話は聞いている。

電話で店に確認しても、休んでいると言っていたので本当だろう。

根は真面目な彼女だ。

きっと、自分から状況を悪くするような真似はしないはず。

——そう思っていた。


確かにバイトは休んでいる。

それに今まで通りに優等生として文句のない成績を保ち続けていて、教師から疑惑の眼を向けられることはない。

だからなんの問題もないと安心していたが、俺はとんでもないことを忘れていた。

彼女がどうして風俗店で嬢をしているのか、話を聞いていたのに。


「——先生、進学先のことについてご相談したいので、少しお時間をいただいてもよろしいでしょうか？」

HRが終わり、三々五々に帰宅している学生たちの中、俺の前までやって来ると、森ノ宮はそう尋ねてきた。

昼食のお誘いであっても最近は、一応は周りを気にして、カモフラージュでそう言ってくることが多かった。だが、今は放課後だ。

しかも皆の前で堂々と言ってくるということは、本当の相談のほうなのだろう。

「わかった。でも少し待っていてくれないか？　急ぎで済ませる用事がある」

そう告げると、教室で待っていてもらうことにして、俺は一度職員室へ向かった。

それからしばらくして、再び教室に戻ると、すでに他の生徒は全員帰っていて、残っているのは森ノ宮だけだった。

「すまない。待たせてしまったな」

「いえ。勉強してましたから、お気になさらずに」

そう言った彼女の机の上には、参考書とノートが乗っていた。

さすがは学園内では優等生。

空いた時間を有効に活用して、真面目に勉強の話をしたいようだ。

「それで、進学先のことだったな？」

「はい。でもその前に教えていただきたいところがあるのです。ここなのですが……」

「………」

ノートを指し示す彼女の様子を見て、なんとなくデジャブを感じた。

「……ふふ、そんな警戒しないでください。大丈夫です。本当に普通の質問ですから」

俺の気持ちを感じ取った森ノ宮が、クスクスと笑う。

「あ、ああ……そうか……」

少しお嬢様モードが緩んでいるような気がするが、あまり深く考えずに問題の解法を教えた。

それからしばらくの間は真面目に勉強をしていると、ふと見廻りのことについての話になった。

そこで最近の行動や店のことなどを、声のボリュームを下げつつ会話する。

「残念だが無断バイトのチェックや、放課後の見廻りについては、もうしばらくは続きそうだな」

「……そうでしたか……それじゃ、まだお店に行けないんですね……。はぁぁ……お客さまに会えないのは、残念です……」

深い溜め息を吐いて、肩を落とす。

森ノ宮もかなり溜まっているようだ。

「……その気持ちはわかるが、もう少し我慢してくれ」

「そうは言いますけど……先生は平気なんですか？」

少し不思議そうな眼をして尋ねてくる。

あれだけ通っていた俺が、二週間も我慢できるとは思えなかったのだろう。

森ノ宮の疑問はもっともだった。

「平気じゃないが……まあ、あれだ……色々発散してる。す、スポーツとかでな」

「……マスターベーションって、いつからスポーツになったんですか？」

「なっ⁉　そ、そういうことをここで言うなっ！」

「うむぅっ⁉　んんぅ……」

とんでもないことをサラリと言ってしまう彼女の口を、俺は慌てて、思わず手で塞いでしまった。

だがそうして触れたことがきっかけで、彼女の目つきが微妙に変わっていく。

「お、おっと……すまない、つい……」

「んはっ、はぁ……もう。でもそういえば、私の常連のお客さまって……すぐ近くにもいるんでしたよねー……先生？」

「なっ、なぬっ⁉」

いきなりそんなことを言ってくると、何故か熱っぽい瞳で見てくる。

「私、いま考えついたんですけど……放課後の街の見廻りが強化されているということは……学園内のチェックは、手薄になっていると思いませんか？」

「なにを言っているんだっ、森ノ宮⁉」

なんだか妙に色っぽい、妖艶な眼で見つめてくる彼女。

「なにをって……わかりますよね？　言いたいこと……」

「うっ……そ、それは……」

もちろんわかる。わかりすぎるほどにわかる
だが、それを今ここで、わかるわけにはいかないのだ。

「と、とにかくあれだ……今は勉強に集中！　それが一番だろう。うん。だから森ノ宮もスポーツで発散するようにするんだっ。な？　それがいいよなっ⁉」

無理矢理に場をまとめるようにして、森ノ宮に言い聞かせて納得させる。

「……そうですか……」

俺の気持ちを、汲み取ってくれたらしい。

ふとその熱い視線を外して、うつむいた。

「あ、ああ……わかってくれたか……」

「…………………先生のバカ……」

「……え？」

「う……ううぅ～～……」

急にお腹を抱えて、森ノ宮がうずくまる。

「え？　ど、どうしたんだっ⁉」

心配で、とっさにすぐ背中をさする。

するとブルブルと震える身体が、異様に熱くなっていた。

高熱が出ているのかもしれない。

「熱いな……体調が悪いのか⁉」

「んんぅ……そ、そうですね……体調が悪いといえば悪いです……」

「やっぱり……どんな状態なんだ？」

「それはもう……身体が熱くて……んんぅ……。それに気持ちがすごくモヤモヤして、ムラムラして……」

「なるほど、それはつらそ……え？　ムラムラ？」

「だからもう私……我慢できないですっ！」

がばっ！

急に顔を上げると、俺に抱きついてきた。

「おぐっ⁉　って、はあ〜〜っ⁉」

表情を見ると、耳まで顔を赤くして切なそうに瞳を潤ませている。

「い、いったいなにをして――」

そして躊躇なく、そのきれいな顔を近づけると――。

「んんぅっ！　んちゅっ、ちゅ〜〜……んんんんぅっ♥」

「あぶっ⁉　くんんぅっ⁉」

熱い唇で、俺の言葉を遮ってきた。

「んちゅむぅんっ♥　んちゅぷっ、んりゅぅ〜〜んちゅっ、ちゅむっ♥」

興奮を抑えられないかのように、舌で唇をこじ開けてねじ込み、俺の口内を蹂躙してくる。

「ちゅむっ、ちゅむぅ……もっとぉっ♥　んちゅぷっ、んにゅる♥」

ほのかに甘い唾液が押し込まれ、すぐに吸い込まれる。

俺の舌に絡みつくたびに、気持ちのいい電流が頭に直接、流れていく。

今までに経験したことのないくらいの、濃厚なベロチュウだ。

「んちゅっ♥　ちゅっ♥　ちゅぅ～～～ぷはぁっ！　はあぁ……おいしっ♥　んんぅ……」

「んあっ⁉　はあぁ……あ、あぁ……」

頭が軽くクラクラするくらいの衝撃を受けてしまい、しばらくその場でぼーっとしてしまった。

「はあ、はあぁ……んんぅ……せんえぇ……♥」

「……んっ⁉　え？　あっ⁉」

ようやく自分を取り戻して、森ノ宮の真意を確かめるために、改めて顔を見る。

「なっ……いやいやいやっ！　駄目だろそれはっ⁉　それはここで出しちゃ駄目なやつだぞっ⁉」

するとそこには、メス顔を思いっきり晒している『マユ』がいた。

「んっ、んはぁ……キスしたら落ち着くと思ったんですけど……んんぅ……ダメみたいですぅ……♥」

「一旦、冷静になろう。そうだっ！　深呼吸だっ！　それで少しは頭に新鮮な空気がいきわたって、きっと落ち着くからっ！　なっ？」

「んんぅ……そんなので落ち着いてなんていられないですよぉ……。だって、先生のおっきな膨らみを見せられてるんですもの……♥」

「え……？　おいおいおいっ⁉」

俺自身がツッコミを入れるほど、股間がガチガチにテントを張っていた。

そしてその股間を、指の長い美しい手が、躊躇なく撫でてくる。

「あぐっ⁉　って、森ノ宮も、おいおいおいっ⁉」

コントのような連続のツッコミをしてしまった。

が、彼女は気にせず、さすり続ける。

「んっ、んんぅ……先生が煮えきらないのがいけないんです……教室にふたりきりでチャンスなはずなのに、躊躇するから……。んんぅ……きっとわざとしているんですよね？　私に対して焦らしプレイを強要したんですよね？　んんぅ……だからこんなに発情させたのは、先生のせいですよぉ……♥」

「いや、妄想がたくましすぎるだろっ⁉　事実誤認も甚だしいぞっ。そもそも、教室でなにを期待して……って、聞いてないなっ⁉　森ノみ……やぁふっ⁉」

いつの間にか肉棒まで取り出して、思いっきり掴んでくる。

「んふふっ♥　さあ、窮屈だったでしょう？　んぅ……私の中で気持ち良くなっていいんですよぉ……♥」

まったく俺を無視して、肉棒に語りかけながら、いつもどおりの素晴らしい手コキで扱いてくる。

「くっ⁉　やめろ、ほんとに……こ、ここまでされると俺だって興奮して……あぐっ、うぅぅ……」

性欲が溜まっていたのは、森ノ宮だけじゃない。

俺も夜に繁華街を見廻っていたが、それはあくまでも監視だ。

いつもの店の看板を見ても、入っていけなくて、悶々としていた。

それが今、目的の嬢にサービスされて、どうにかならないわけがない！

「ああ、くそっ……森ノ宮が悪いんだぞっ！」

「んんぅっ？　あっ、きゃあああんっ♥」

性欲を抑えきれず、俺は彼女の胸を鷲掴みにした。

「んくっ、んあぁぁんっ♥　はい、そうです、私悪い子なんですぅ……んんんぅ……そんな悪い子に、先生がお仕置きしてくださいっ♥」

発情しているからか、学園モノ風のおかしなキャラ付けでおねだりしてくる。

そしてそのシチュは、性欲全開の今日の俺には、激ハマりだった。

「くっ……ああ、もう徹底的におしおきだっ！」

「んあぁぁんっ♥　はいっ♪　いっぱいお仕置きほしいですぅっ♥」

ふたりは妙なテンションになり、そのシチュでさらに行為をエスカレートさせていく。

「まったく、本当にひどい生徒だな。特になんだこれは？　こんなにオッパイを成長させて。実にけしからんぞ、森ノ宮っ！　罰としてオッパイ丸出しで反省するんだなっ」

「んあっ、はあぁんっ♥」

ブラウスのボタンを外してブラをずらし、生の爆乳を揉んで撫で回して弄り倒す。

「んんっ、あぁんっ♥　あうっ、ごめんさい、先生……んんぅ……エッチなオッパイでごめんなさいぃ……んあぁっ♥」

見つかれば、即終了。

そんな危険な場所にも関わらず、森ノ宮は相変わらず感度がいい。

その乗りのよさで俺もつい、タガが外れてしまった。

「ふん。しかも乳首までピンピンに勃起させているとは……教室でいったいどこまで発情したら気が済むんだ？　この……スケベ乳首めっ」

「きゃはあぁんっ♥　つ、つまんじゃいやぁ……あっ♥　ああぁっ♥」

軽く潰すようにして乳首を弄ると、さらに甘い声を出してよがった。

「んんっ、んはぁ……で、でもこんなになっちゃったのはぁ……私のせいだけじゃないですぅ……」

「なに？　言い訳かっ？　このいけない爆乳娘めっ！」

「んいぃぃんっ♥　ひあっ、はあぁんっ♥　だ、だって先生が、いやらしい目で私を見るからですぅ……あうっ、んくぅ……それに今だってオチンポを、こんなに硬くしてるからぁ……♥」

「お、おぐっ⁉　くうぅ……」

今まで握っていた肉棒を扱いて、俺のオスの部分をさらに煽ってくる。

「け、けしからん手つきで手コキして……くぅ……。いったい学園でなにを勉強しているんだ？　あぐっ……そんな素行が悪いなら、きっとこっちも、とんでもなく乱れているんだろう？」

「あぁんっ⁉　あっ、そこは……きゃうぅんっ♥」

彼女の極上の扱きになんとか耐えながら、俺はスカートに手を突っ込んで、秘部を直接指で弄る。

「んはぁ……あぁんっ⁉　やんっ、二本も一気にぃっ⁉　んくっ、ふあぁぁ……そ、そんなに広げちゃダメですぅっ♥」

指を押し挿れた膣内はすでにヌルヌルで、ショーツにはシミが広がっている。

「なんだこれは？　ビショビショに濡れて乱れまくってるじゃないか？　まったく嘆かわしい……いつからこんなに濡らしていたんだ？」

「んくうぅ……と、登校して、先生の顔を見たときから熱くてぇ……。はあっ、んくうぅんっ♥」

「なんだって？　じゃあもう、ほぼ一日中じゃないか」

「んあっ、は、はいぃ……んあっ、はんぅっ♥　放課後の教室で、ふたりきりで話をしてたら、もう変なスイッチが入っちゃってぇ……んんっ、んはぁんっ♥　もっと濡れちゃいましたぁ♥」

「やれやれ、困った優等生だな。こんなに濡らして発情したままじゃ、帰りに襲われかねないな。だからとりあえず俺が、その発情を鎮めてやるっ！」

もう俺も我慢できない。

机に手をつかせ、お尻を持ち上げスカートをめくる。

「きゃあぁんっ♥　ああっ、先生……お願いしますぅっ♥」

森ノ宮も、セックスしたくてたまらなかったのだろう。

お尻をフリフリと俺に押しつけるようにして欲しがった。

さて、時間もないし、さっくりと……。

「あ……そういえば、さすがにゴムはないぞ……」

ちょっと冷静になって腰を引く。

だが正直、なにも考えずに今すぐヤりたかった。

「んんぅ……いいですよ、生で……んぅ……むしろそうじゃないと私、絶対おさまらないですぅ……♥」

森ノ宮はいつもどおり気にしないといった様子で、ショーツを脱いで自分で膣口を広げる。

「くっ……」

いつもなら諭すところだが……今の俺には天使のささやきに聞こえた。

「……じゃあ遠慮なく、生挿入でお仕置きさせてもらおう……なっ！」

「くふうぅんっ⁉　んあああぁぁっ♥」

トロトロの膣内を一気に駆け抜け、根本までみっちり挿入した。

「ああっ、はんんぅんっ♥　き、きてるぅ……んんぅっ♥　すっごい奥に、突き刺さるくらいにぃ……んあぁぁ……♥」

見つかるかもしれないスリルと、普段使っている教室でという背徳感は、俺だけでなく森ノ宮も異常に興奮させているようだ。

よっぽど発情しすぎているのか、もう膣内がうねって竿に張りつき、膣奥は普段以上に熱い気がする。

「くぅ……これはたまらない……勝手に腰が動くっ！」

「あぐぅんっ⁉　ふはっ、はあっ、ああぁっ♥　おっきなオチンポっ、グリグリくるううぅっ♥」

もう締めつけてくる膣口を振り切るように、力任せに行き来させる。

「んあぅ、はっ、あんぅ……んはあぁぁっ♥　スタートダッシュでっ、激しいぃっ♥　ふあぁぁっ♥」

今日はもう以前のような、店の疑似教室のようなプレイルームではない。

本物の教室。ほんとうの学園内だ。

机に手をつき、お尻を突き出す森ノ宮は、ピストンに合わせて甘い声をあげていく。

その非日常な光景が、俺を激しく興奮させた。

「んはあぁっ♥　はうぅ……んくっ、んふあぁっ♥　溜まってたぶん感じやすくてぇ……すぐに良くなっちゃいますぅっ♥」

「おぉぉっ⁉　すごい……下半身が漲りすぎだ」

バキバキに肉棒が勃起して、彼女の膣壁を擦り上げているのがよくわかった。

生だということもあるのだろうが、身体を重ねるにはあまりにも危険な教室でこうしていることが、よりオスの本能を刺激しているようだ。

「はっ、はあぁんっ♥　あうっ、くうぅんぅ♥」

意識すればするほど、興奮は高まっていった。

「んはぁっ♥　先生チンポでっ、中身引きずられそうぅ……ああっ、んはあぁっ♥　こんなすごいピストンじゃ……すぐまたイっちゃいますぅっ♥」

絶好調に感じまくり、膣襞がきゅうきゅうと締めつけてくる。

「ああ、構わないぞ。思いっきりイってスッキリしてしまえっ！」

「んひゃあぁっ⁉　ああっ、すごぉ……オマンコっ、変にめくれちゃうぅっ♥　んああぁっ♥」

俺はペースを上げて、その蜜壺をかき回していった。

「ああっ♥　ああっ♥　あふっ……うくうぅんっ♥」

ガタガタと机が音を立てる。

愛液が飛び散るのも関係なく、激しく彼女に腰を打ちつけた。

するとその時は、思いのほか早くやってきた。

「んいぃっ⁉　ひゃあぁぁんっ♥　な、なんだか熱くなりすぎてぇ……んんっ、んはぁぁんっ⁉　やだっ、やだぁっ、あっ、やあぁんっ！　これもう私ぃ……イクううぅぅぅぅっ♥」

「え？　くおっ……締めつけてくる……」

全身を膣内と同じように震わせながら、森ノ宮はあっけなく絶頂を迎えた。

「んあっ、んはぁぁんっ♥　はあぅ、はひぃぃ……んんぅ……こ、こんなのすごすぎるぅ……んんぅ……。いつもの教室で恥ずかしいはずなのにぃ……はんんぅ……すごく感じちゃって、ぴくぴく痙攣っ、止まらないですぅ……♥」

「くうぅ……ああ、伝わってくるぞ。ものすごく喜んでるな……」

とても満足そうに膣口をヒクくつかせ、艶やかに丸いお尻まで、小刻みに震えていた。

そう……本当に満足そうで、実に羨ましい。

「……余韻に浸っているところで悪いが、森ノ宮。たぶん気づいているとは思うが、俺はまだイけてない。わかるよな？」

「はあ、はあぁ……あんぅ……んえぇ？　あ、はいぃ……だからもう少ししたら、動いても──」

「ってことで、このまま続けるぞっ！」

「うひいぃぃんっ!?　ひあっ、あぁぁっ！　ま、まだイってすぐなのにぃっ!?　んんんっ、んはあぁっ♥」

休む隙を与えずに、俺はさっきよりもさらに激しく、腰を打ちつけた。

「はっ、はあぁんっ♥　やだこれまたっ、連続でイかされちゃってるうぅっ！　んんっ、んあっ、はぐうぅんっ♥　こ、こんな激しいのでイかされまくったらぁ……絶対っ、おかしくなっちゃいますぅっ♥」

「はは、っ、大丈夫だ。大抵の場合、駄目だと思っても限界は先にある。諦めたらそこで、セックス終了だっ！」

「な、なんだかいいように言ってますけど……結局、先生がイきたいだけで……あうっ、あぁっ♥」

「もちろん、その通り！」

「んんぅっ⁉　はうっ、んくっ、んはぁぁんっ♥　ここで素直にならないでくださいぃっ！　ああっ、ひゃぁあぁんっ♥」

絶頂した膣内は、うねって蕩けて絡みつき、極上の快感を生み出してくる。

ずっとこうしていたい気もするが、時間をかけると、さらに見つかるリスクが上がってしまう。

それに今までの抽送で、俺もほぼイきかけていた。

「ぐくぅ……喜んでほしい、森ノ宮」

「んあっ、はあぁんっ♥　あうっ、んんぅっ？　も、もう喜んでますぅぅ……あっ、あぁんっ♥　全身が喜んじゃってますよぉっ！　はあぁんっ♥」

「まあそうだろうけどな。でもそろそろ……ラストのお仕置きだっ！」

「んえぇっ⁉　きゃううぅんっ！」

しっかりと腰を掴み、全力で腰を突き出す。

それがトリガーだったのかもしれない。

「ふあっ、ああっ、深いぃ……んんぅっ♥　はうぅんっ⁉　ああっ！　お腹でなにか熱いものがキュンってぇ……んんっ、んはぁんっ♥」

ムニュッ！

「うきゅううぅんっ⁉」

その瞬間、森ノ宮は手足をピンッと伸ばし、背中を大きく反り返らせた。

「え？　こ、これは……」

「あふっ、んはあああぁっ⁉　い、行き止まりにオチンポッ、突き刺さっちゃったぁっ♥」

どうやら子宮が落ち込み、亀頭の先に当たって震えたらしい。

「あああぁっ♥　とぶうううぅぅぅっ♥」

そしてまた大きく絶頂して、肉棒を掴む。

「おおっ⁉　締めつけがやばすぎる……くうっ！」

ドクドクドピュピュッ！　ビュルルッ、ビュッ！　ドピュクルルルルッ！

「んああああぁっ⁉　あはああああぁぁぁぁっ♥」

子宮口にしっかりと押しつけながら、そのまま俺は中出しした。

「んあっ、んはあぁっ♥　あふっ、くううぅんっ♥　んあっ、あはぁ……すごいの同時でぇ。イきすぎぃ〜〜っ♥」

「うぅっ⁉　ち、ちぎれそうだな……」

今までにない締めつけの中で、しばらく落ち着くまで繋がっていた。

すると、賢者モードは意外と早くやってきた。

「……うぅ……俺はいったいなにをしてるんだ……」

いつもより長すぎる射精の途中で、急に冷静になってしまった。

「んはあぁ……♥　ザーメン、ドクドクっ、注がれてるうぅ……んはぁ……私のオマンコもぉ頭の中もぉ……もうまっしろですぅ……♥」

絶頂の快感がよすぎたのか、腕で上体を支えられずに、机の上で森ノ宮が寝そべった。

職場でもあるこの教室で、教え子に手を出して、さらに中出し。

合意とはいえ、こんなところを見られたら、社会的に終わりだ。

そんなハイリスクな状況であるのに、さらに俺はノリノリで、ヘンタイ教師を演じていたのだ。

「あぁ……お仕置きだ！　とか恥ずかしいことを言っていた俺を、どこかの穴に入れて蓋をしておきたい……」

「ふはあぁ……子宮がザーメンで満たされてますね……。隙間なく、先生ので膨れていくみたいです……♥」

「くっ⁉　ま、まだ子宮口が吸いついてるのか……？」

絶頂の余韻は、森ノ宮の子宮を活発にさせているらしい。

精液をすべて飲み込むようにして、子宮へと溜め込んでいった。

これはかなり気持ちいい。

ちょっとクセになってしまいそうだ。

「…………」

だが冷静な意識を取り戻した俺は、ふと不安にかられた。

ここまで子宮に吸い込まれて、本当にだいじょうぶなんだろうかと。

「……え、えーっとだな、森ノ宮？　ちゃんとしてるんだよな？」

「んんぅ……？　んんぅ……はいいぃ……わってますよ……♥」

「ほ、本当だぞ？　お、おい？　聞いてるかー？」

夢心地で返事をする彼女は、本当にわかってるのか疑わしく、しばらくの間、俺はヒヤヒヤすることになった。

「――別に大丈夫ですよ？　ちゃんと立てますし……」

「いいや、駄目だ。まだふらついてるしな……それに見廻りついでだから、気にしないでくれ」

「ふふ……優しいですね。ありがとうございます♪」

隣を歩く森ノ宮がペコリとお辞儀すると、とても嬉しそうに微笑んだ。

しばらく教室で落ち着くまで待ち、色々と片付けをしていたら、思ったよりも時間がかかって遅くなってしまった。

夜道は危ないので、途中まで送ることにしたのだ。

「……今日は私、本当に進学について相談するつもりだったんです」

しばらく無言が続くと、ふと彼女はそんなことを言ってきた。

「え？　そうだったのか……」

てっきり最初からエッチが目的だと思っていたが……でも、どうやら真面目に俺に相談したかったらしい。

「……それで、森ノ宮はどうしようと思っているんだ？　進学する、ということだったよな……」

「はい。今も一応、両親が望む有名校へ進学するつもりです……。でも、本当にそれでいいのかなって思い始めちゃったんです……」

「それは……理由を聞かせてくれるか？」

この時期の進路変更。

実はそういう悩みは、意外と多かったりする。

たぶん将来への不安が募って、違う考えのほうが良いように見えてしまうのだろう。

そんなときは話を聞いて相談に乗り、俺なりの意見を伝える。すると誰もが、大抵は思い留まり、再び受験を希望するようになる。

森ノ宮ももしかしたらそうかも知れないので、今はきちんと、そう感じる理由を聞くことにした。

「……私、言われたから進学を決めましたけど、本当にただ、それだけの理由なんです。自分がやりたいことがあるわけじゃない……。だから、このまま進んでもいいものなのかなって……」

「そうか……」

今まで親の言うことを聞くようにと、躾けられてきた森ノ宮。それが、やっと自分の人生そのものを意識し始めたのだろう。

それは尊重すべきことだ。

だが他の生徒も同じだ。、きちんとした目的を持って進学したという学生ばかりではないはずだ。

少なくとも、俺はそうだった。

この時期での進路変更は、普通ならかなり大変になるだろう。

だが有名大学に進める実力がある森ノ宮には、その他の選択をするのも問題はない。

しかしそれはあまりにも、もったいない。

「あまり、大層なことは言えないけど……」

一応、そう前置きをして、森ノ宮の眼を見る。

「なにをするにしても、進学することは、それだけ選択肢の幅が増えることになる。今はまだやりたいことがないかもしれないが、いつかできたときにその選択肢そのものがないと、きっと後悔することになるだろう。だから俺は進学して、行くだけ行ったほうが良いと思うぞ。まあ実に普通の、教師らしいアドバイスだけどな」

「……将来の選択肢を増やすためですか……」

俺の言葉が、どこまで伝わったのかわからないが、彼女はしばらく黙り込んだ。

「……よく、考えてみます。ありがとうございます、先生」

次に俺の顔を見たその表情は、なんだか少し晴れやかに見えた。

「ああ。また悩んだら話をしてくれ。相談にのるよ」

「はい♪」

実にいい笑顔で返事をする。

できればその選択が、彼女にとってより良いものであることを心から願った。

第四章　ふたりの関係

すぐに収束すると思っていた、無許可アルバイトについては意外にも長引いていた。

そうなると、アルバイトそのものを規制しようかという話も出る。

しかし、家庭の事情のある者や、しっかりと許可を得てから家の手伝いをしている生徒などはどうする？　社会経験を積むことのできる場を奪うのか？　などという課題もあって、議論百出の状態だ。

全面的に禁止とするのが、もっとも簡単だ——などというのは思考停止でしかなく、事態を悪化させるだけだ。

それは禁酒法を始めとした、歴史が証明している。

抜本的な対策がない以上、可能な範囲での対処をするしかない。

ということで、未だに、教師による見廻りは続いている。

当然、俺も見廻りのメンバーに組み込まれている状態だ。勤務外の手当も付かないというのに、自由に使える時間は削れ、疲れが蓄積していく。

思うように風俗店へ行くこともできない。

そんな状況の中では、危ないバイト——風俗店で働いていることを知られる可能性がないわけではないので、万が一を考慮し、森ノ宮も長期休暇をもらっている状態らしい。

だから、彼女が見つかることはなくなった。

それは良い。良いのだが……俺は別の心配をしていた。

彼女の性欲の強さを知った今、発散することができない状況では、ストレスを持て余すようなことにならないか、と。

しかし、その心配は杞憂だったようだ。

学園で見かける森ノ宮の態度に、変わったところはなかったからだ。

「——では、皆さん。図書室に行きましょう」

「はい、森ノ宮さま♥」

ほう……今日もみんなで勉強会か……。

このところ、放課後はずっと勉強会をしている。

それだけでなく、森ノ宮自身も、以前よりもかなり熱心に勉強しているようだ。

そのせいなのか、昼食に誘われることが少なくなって少し残念だが、それでも自分のためにがんばっていることは良いことだ。

なにか、きちんとした目標ができたのかもしれない。

そんな彼女の姿を、俺は嬉しく感じて見守っていた。

「わからないところがあるのですが、少し勉強を見ていただいてよろしいでしょうか?」

勉強に熱が入っている森ノ宮は、授業が終わった後や休み時間にも、そんなふうに聞いてくることが多くなっていた。

「ああ、かまわないぞ」

だから放課後にそう言ってきたときも、俺はなんの疑問ももたず即答していた。

「だが、ちょっと待っていてくれるか? 例のバイト問題の件で、これから少し会議があるんだ。もし時間がないようなら、明日の朝にでも時間を取るが……」

「いいえ、大丈夫です。お待ちしてます」

「そうか。じゃあ、すまないがそうしてくれ」

俺は森ノ宮を教室に置いて、ひとり教員室へ向かう。

……………ん? なんだ? また、なにか重要なことを見落としているような気がするが……まあいいか。

それから会議を終え、再び戻る頃にはかなり時間が経っていた。

そろそろ部活の活動時間も終わる頃だ。

これは可愛そうなことをしてしまった。

スマホで連絡を入れてあげればよかったかもしれない。

そんなことを思いながら、教室の扉を開けた。しかし、そこには森ノ宮の姿はなかった。

「もう帰ってしまったか……」

仕方ない。俺も帰ろう。そう思って踵を返したところで気づいた。

森ノ宮の机の脇には、まだカバンがかかっていた。

気になって彼女の机に近づくと……。

「先生」

「……っ」

いきなり声をかけられ、俺は驚きながら慌てて振り返った。

「も、森ノ宮か……」

「ふふっ、そんなに驚いて、どうしたんですか？」

「あ、ああ。その……待たせてしまって悪かった。思ったよりも職員会議が長引いてしまっ——」

一瞬、何が起きたのか理解できなかった。気づけば、森ノ宮にキスをされていた。

「んっ、も、もりのみ……んっ」

「んちゅっ、ちゅっ、ちゅむぅ……ちゅっ、ちゅくんっ♥」

言葉を発する余裕もないくらいに、熱烈なキス。

唇を重ね、舌先が口内へと入ってくると、ぬるぬると這い回ってくる。

「むちゅむっ♥　んりゅぅ……ちゅぷっ、ちゅむぅっ♥」

唾液を交換するように、互いの口内を行き来する。

甘くさえ感じる彼女の唾液を飲み込み、絡んでくる舌に応えて激しく動かす。

「ちゅくむぅ……んちゅっ♥　ちゅはっ……あむるっ！　んりゅっ、ちゅむるっ♥」

まるで食べられてしまいそうな程の、熱く濃厚なキスだった。

「ちゅぷっ、んちゅ～～ぅっ♥　んはぁぁっ！　あはぁ……いっぱい堪能しちゃいましたぁ……♥」

ようやく口を離し、俺たちの間に透明な橋ができた。

「はあ、はぁ……や、やりすぎだ、森ノ宮……」

「んんぅ……だって……そこに美味しそうな唇があるんですもの……だからつい、いただいちゃいました♥」

「お前はハチミツ好きのクマかなにかなのか？　そもそも、おっさんの唇がそんなに美味しいわけないだろうに」

可愛らしく、ぺろっと舌を出す彼女をきちんと立たせ、俺は教師として説教モードで、目の前で腕組みをする。

「さて……で？　まず森ノ宮の言い分を聞こうじゃないか。どうしてこうなったんだ？」

「それはもう、すっかりキスにハマっちゃったからですよ♪　今まで、なんでこんないいことをしなかったんだろうって、後悔するくらいに♥」

「そういうことを聞いているんじゃありませんっ！」

うっとりとした顔で説明する森ノ宮に、ぴしゃりと叱る。

「あのなぁ……勉強のために呼びつけたんじゃなかったのか？　まさかその勉強が保健体育なんて、ベタなことは言わないよな？」

「ふふ。社会勉強です♥」

まったく悪びれる様子もなく、楽しそうにしながら、俺の手を優しく握ってくる。

どうやら教室でのスリルをまた味わいたいらしい。

本当に……こまった生徒だ。

「やれやれ……受験にあまり関係ないだろうが、それも確かに大事なことだよな」

「んんぅっ⁉　んちゅっ……ちゅんんぅっ♥」

彼女の手を握り直し、引き寄せてキスをする。

ここまで熱烈にされてしまっては、俺も興奮して性欲が全開になってしまう。

「んちゅむっ、ちゅはぁっ♥　あはっ♪　先生もヤル気、満々じゃないですか♥　んぅ……こんなに勃起させせちゃって♪」

「んっ？　え⁉　いつの間にっ……あふっ⁉」

まったく気づかなかったが、すでに彼女はファスナーから肉棒を取り出し、流れるように手コキを始めていた。

「くっ……それなら俺もっ」

「きゃうぅ……あはぁんっ♥」

服を着ててもプルプル揺れる爆乳を掴み、ボタンを外してさらけ出させた。

「やぁぁんっ♥　先生のエッチっ♥」

「くっ……チンポを握った女子生徒に言われてもな……それにこの爆乳の持ち主じゃ、どっちがエロいか、一目瞭然だぞ？」

「はぁぁんっ♥　んんぅ……ふぁぁっ♥」

ブラをずらすと、極上の肌色がこぼれ落ちるように飛び出してきて、たまらず支えるように揉みしだいた。

「んあっ、はんぅ……こうして教室でするのって、すごくドキドキしていいですよね……んっ、んあぁんっ♥　私、クセになっちゃいました♥」

「クセって……おいおい、それは勘弁してくれ。不幸な未来しか見えない……」

こんなところで不意に襲われて、セックスしてしまうことが普通になったら、リスクが確実に上がってしまう。

今日だって、生徒が少ないだけでいないわけではない。だからかなり危うい。

「んんぅ……でも先生だって、いつも以上に興奮してますよね？　んんぅ……このオチンポの形を見ればわかりますよ♥」

「うっ……」

まあ、その危うさが、より興奮させるのは否定できない。

「んっ、んんぅ……ねえ、先生……これからは絶対にしちゃダメですか？」

お得意の上目遣いで、肉棒を扱きながら問いかけてくる。

くそう……本当に彼女は男の扱いが上手い。

「……たまになら、よし」

「あはっ♪　さすが先生っ。ドすけべっ♥」

「くっ……森ノ宮に言われたくないなっ！」

「んきゅぅんっ⁉　はうっ、はあぁんっ⁉　あっ、また急にそんな……んはあぁっ♥」

彼女に気づかれずにスカートに手を滑り込ませ、膣内に指先をねじ込む。

「うわ……相変わらず濡れるのが早いな。そこまでオッパイも弄ってないのに……よっぽど期待してたんだな」

「んはぁ……はあぁんっ♥　はい……登校したときから、ずっと狙ってましたからっ♥　んんぅ……んあぁんっ♥」

「……嘘だろ？　もしかして、前に言ってたセリフは本当だったのか？」

「んふふっ♥　本当ですよ♪　んあぁぁっ♥　はうっ、んんぅ……先生が教え子にエッチなお仕置きするヘンタイ教師だってことも、本当のことですしっ♥」

「いや、それは違……違うよな？」

「んっ、んんぅ……さあ？　どうでしょう？　んふふ……♥」

自分のこの状況を思い返して、自信がなくなってしまった。

「くっ……とりあえず、すべて森ノ宮が悪いっ！」

「んぇぇっ!?　あうっ、生徒に責任を押しつけるなんて、ひどいですっ先生……んくっ、んやあぁぁんっ♥」

深く考えると怖くなるので止め、手マンに集中して話をうやむやにする。

「んくうぅっ!?　んはあぁんっ♥　はうっ、それダメぇ……ああっ♥　剥いて押して……擦っちゃ、やあぁぁんっ♥」

彼女の手コキが止まるくらいに、クリトリスもGスポットも、しっかりとねちっこく責めていくと、締めつけが一段と強くなる。

「はっ、はうぅんっ!?　んくっ、くううぅんっ♥　もうっ、もうっ、いくいくっ、イッちゃううぅぅぅぅっ♥」

「あっ……早いな」

やはりこの状況で、興奮が増しているらしい。

あっという間に、気持ち良さそうに絶頂した。

「んはあぁっ♥ んあっ、はあっ、あはあぁ……そ、そんなぁ……。んんんぅ……手だけでこんなにイかされちゃうなんてぇ……。私もスケベな悪い子に、なっちゃってますねぇ……♥」

「それは、随分前からだと思うが？」

「んんぅ……先生の愛撫で、もう止まらないですよぉ……はんぅ……ほらぁ、オマンコがこんなにオチンポを欲しがって、切なくなってますぅ……」

近くの椅子に座った森ノ宮はそう言うと、自分から脚を広げ、その赤く充血して膨れた陰唇を、指先でクパぁと開ける。

「お、おま……それはまたなんて卑猥な……」

男の股間にガツンとくるような、エロいおねだりに、自然と肉棒が勢いよく反り返る。

「んんぅ……お願いします、先生……私のグチョ濡れオマンコを……いっぱいグチュグチュしてくださいっ♥」

それを見て俺は、ヘンタイ教師でも構わないと、心から思った。

「ああ……任せておけっ！」

「ふあぁっ!? んっっ……くうううぅぅぅぅっ♥」

周りなんて見えなくなるほど興奮しながら、濡れた膣内に力強く押し込む。

「あくうぅんっ♥ んあぁぁ……容赦ない極太オチンポがっ、また奥のほうにぎゅってぇ……んあっ、はあぁ……おへそのところまで、熱いのが来てますっ、せんせぇ♥」

「くぅ……いつも通り熱くて、締めつけてきてるな。それにこのヒクつき……切なさが伝わってくるぞっ！」

「ふあぁんっ♥　んあっ、はあぁ……あぁぁんっ♥」

繋がった部分から愛液をダダ漏れにして、熱烈歓迎してくれる膣内。

そこに俺からも、熱いピストンで応える。

「はっ、はあぁんっ♥　先生っ、いいですぅ……この感じっ、すごくいいのぉっ♥　ん、はぁっ♥」

「おおっ⁉　うっ……」

こちらに抱きつくようにしながら、腰を動かしていく。

「はっ♥　あはあぁっ♥　あうっ……んはあぁっ♥」

制服姿で乱れながら、教室で腰を振る優等生。

放課後で人が少ないとはいえ、絶対来ないとは言い切れない。

そのギャップと危うい状況は、普通のプレイでは得られない快感だ。

そんなエロさを濃縮したセックスは、ますます俺を昂ぶらせていった。

「んくぅ……ふあぁんっ♥　気持ち良すぎて頭の奥ぅ……ジンジンしびれてバカになるぅっ♥　んはっ、ああっ！　はっ、ああっ♥」

なるほど……クセになるのもわからなくはない。

あのとき、絶対に駄目だと突っぱねなくてよかった。

そう思うほどに、教室でのセックスは、俺たちを熱くさせていく。

「んあっ、はあぁ……あううぅんっ♥　ああ、欲しいぃ……先生っ、ほしいですぅ……あうっ、んんぅっ♥」

「ええっ⁉　これ以上もっと激しくするのか？　でもこの体位じゃちょっと」

「もうぅ……違いますよっ、ニブチン先生ぇ……んっ、はぁんっ♥」

「妙なあだ名をつけるなよ……」

「んんぅ、わからないんですか？　キスですよぉ……んあっ、はあぁんっ♥　頭が蕩けるようなキスぅ……先生からもしてほしいのぉ……ん～っ♥」

そんなことを言って、甘えるようにして口先を突き出してきた。

「俺のキスはやばい成分でも出てるのか？　どんだけハマってるんだ、森ノ宮は」

自分では、そこまでいいキスができているとは思えないが……。

「……まあ仕方ないな……んっ！」

「んちゅむぅんっ♥　ちゅぷっ、んん～っ♥」

こちらからも舌を挿れ、彼女の口内を撫で回すように、深いキスをする。

「ふぷっ、ちゅむくぅ……んはっ、そうこれぇっ♥　ん～っ、ちゅぷっ！　んにゅむっ、んちゅんっ♥」

お気に召した森ノ宮は、嬉しそうに俺の舌を味わうように迎えてくる。

舌を絡ませるたびに膣内が蠕き、締めつけてくるのが、なんだか面白い。

「んちゅふうぅ……んんぅっ♥ ふはぁ……頭だけじゃなくてぇ……全身とろけちゃいそうぅっ♥ んちゅっ、ちゅぷぅ……」

ぐにっ！ むにゅっ！

「うにゅううぅんっ⁉」

さらに抱きしめて腰を突き出すと、全身を震わせる。そして亀頭の先に、熱いものが当たった。

「おっ、これは……お迎えがきたなっ！」

「んくっ⁉ んあぁぁんっ♥ あっ、あぁぁっ♥ また子宮がっ、オチンポ欲しがって落ちてるぅっ♥」

俺はその子宮口を押し開く勢いで、ガンガンと責め続けた。

「ふえっ⁉ んはぁっ♥ ぶ、ぶちゅって潰れてっ、んくぅんっ！ このままもうっ、イクイクううううっ♥」

「くおっ⁉ 膣内《なか》の張りつきが、やばい……」

絶頂する膣口の締めつけと一緒に、亀頭に子宮口がしゃぶりついてきた。

その快感で、もう俺の腰は力尽きそうだ。

「んあっ、んあぁぁんっ!? あうっ、きゃううぅぅんっ♥ イってるにっ、まだいっぱい突いてきちゃってぇ……ひあぁぁっ♥」

それでも最後まで森ノ宮の絶頂した膣内を味わいたくて。

必死にこらえながら、思いっきり子宮口を亀頭で小突きまくる。

「ふあっ、あくうぅんっ♥ ああっ、すごすぎですっ、先生っ……あぁぁっ♥ そんなに私の赤ちゃんの部屋っ、オチンポで押しちゃっ……ふあぁぁっ!?」

「うおぉぉっ! 出るっ!」

ドクンッ! ドピュドピュドビュルルッ! ドプププッ!!

「うきゅううぅんっ♥ ひ、開いちゃうううううぅぅぅっ♥」

吸いつく子宮口に食い込ませるようにして腰を突き出し、その場にすべて注ぎ込む。

「んはぁぁっ!? あふっ、くううぅんっ♥ んあっ、はぁぁ……お腹の奥ぅ……熱いザーメン直接きてぇ……んはぁんっ♥ こ、これ、やけどしちゃいますぅ……♥」

射精と共に二、三度ビクつき、また絶頂していく。

「んくっ、んふぁあぁ……も、もうすごすぎてぇ……。頭がぁ、くらくらぁ……♥ んんぅ……」

そのまま俺に抱きついて脱力し、身体をすべて委ねてきた。

「……ふぅ～～……あっ……」

やばい……また生だ……。

思わず勢いで、そのまましてしまった。

自分でもうんざりするほど、危機意識が欠けている。

「んゆうぅ……ふあぁ、はあぁ……♥」

「あ……これは、ダメだな……」

なんだか幸せそうに口元を緩ませながら、視線を宙に漂わせている。

たぶんもう、俺の言葉は耳に入ってないだろう。

それにこの余韻の中で聞くのも、なんとなく野暮だ。

対策していると言っていたし、大丈夫だろう。

それにもしデキたとしたら……そのときはそのときだ。

「……よかったぞ、森ノ宮。また機会があればしような」

「あんぅ……？　ふぁあぁ～～い……♥」

可愛らしく惚ける彼女を見ながら、俺は軽く抱きしめた。


それからまた一週間ほど経った。

だが相変わらず、バイト問題での見廻りは続いている。

無許可のアルバイトをするのはリスクが高く、リターンが低い――この場合は、成績の評価や、停学、最悪の場合は退学させられるかもしれないのだ。

手間をかけてでも許可を得るか、バイトを諦めたほうがいいと生徒たちに広がるまでの辛抱だ。

とはいえ、はっきりとした期間が決まらないまま、延々と続いている見廻りの日々に、さすがに疲れも溜まってくる。

それに、一番溜まるとやっかいなものも、我慢できないほどになる。

教師であってもただの人間だ。自分の人生全てを教育に捧げる、というような情熱はさすがにない。

それに、欲求不満な状況が長く続くのはよくない。

マユとと触れ合う機会がなくなったことで、教え子たちが〝魅力的〟に見えるようになってしまっている。

色々と駄目だと感じた俺は、見廻りを終えた後は早めに帰宅することにした。

家に着き、ソファーに座り込むと、ため息と共に疲れがどっと出てくる。

「はあ……疲れたな……」

愚痴めいた言葉が、溜め息と共にこぼれる。

このところずっと見廻りで歩き回っているので、脚がだいぶ重い。

なるべく早いところ性欲を処理して、風呂にでも入って眠ればいい。

そのためにも、気に入っていた単体女優の作品や好みのシチュエーションの企画物など、複数の動画を選別しておいた。

しかし、気力が足りないのか、すぐには動けそうもない……いや、すぐに動こうと思うほど、映像に食指が動かない。

以前ならば、すぐにでも一発抜いていたのだが……そうしない、そうできない理由はわかっている。

マユと体を重ねることが増えたからだ。

前はエロいと思っていたことであっても、どこか色褪せたように感じてしまう。

まあ……明日は休みだし、少しのんびりしてもいいか。

そんなことを思っていたら、インターホンが鳴ってしまった。

……こんな時間に誰だ？

面倒に感じながらも、数日前にネットで商品を注文していたことを思い出す。

その荷物が届いたのだろう。再配達の手続きをする手間よりも受け取ったほうが良いと、玄関に向かう。

「こんばんは、先生♪」

ドアを開くと、予想とは違い、にこにこと笑っている森ノ宮の姿があった。

「な、なぜここにっ⁉　なんで俺の自宅を知ってるんだ⁉」

「えへへ♪　実はさっき街中で見かけちゃって。それで気になっちゃったので、つけてきちゃいました♥」

「うそだろ⁉　なんだその無駄に半端ない行動力はっ⁉」

「あ、ちなみにストーカーじゃないですからね？　あくまでたまたま近くで偶然見かけて、先生の住んでる所が気になった、ただの生徒なんですから。まあそれくらい、ＪＫなら許されますよね♪」

「なんでもＪＫだからって許されるわけじゃないからな！　……まあ、森ノ宮なら許される気がするけど」

「わーい♪　それじゃ、お邪魔しまーすっ♥」

「あっ⁉　ちょっ⁉」

俺の脇をするりとすり抜け、勝手に部屋へとあがり込んでくる。

もう遅い時間だし、ここで揉めて騒げば近所迷惑だ。

「くっ……仕方ない……」

とりあえず、おとなしく森ノ宮の行動を黙認する。

それから話を聞くと、どうやらこの週末は両親がそろって出かけ、帰宅するのは数日後なので暇らしい。

店にも出勤することができずに、どうやって暇をつぶそうかと思っていたところで、俺を発見してストークしたそうだ。

「違いますよ？　先生に会いたくて来ちゃったんです♥」

「取ってつけたようなことを……」

明らかな嘘。

だがそんな嘘も、彼女に言われると、少し嬉しかったりもする。

「あー、信じてないですね？　もう、ひどいですよー。わりと本気で連絡しようと思ってたんですからね」

そんなことを言って、じっと見つめてくる。

その眼はほんのりと熱っぽい。

薄々感づいてはいたが……自意識過剰でなければ、森ノ宮は俺にかなりの好意を持っていると思う。

最初は店での妥協から。

そして次には思惑があって。

そして今は、純粋に好意を抱いてくれている。

「……先生と一緒だと、ほっとするんです。だからこうしてお店や学園以外でも、いつかふたりっきりで会いたいと思っていたんです」

俺の手を優しく取り、自分のほうへと引き寄せる。

「先生はどんな私であっても、目を背けずにまっすぐに見てくれて……とても温かい人です……」

「森ノ宮……」

「それに、この持て余し気味なくらいの強めの性欲をぶつけても、ちゃんと応えてくれますし♪」

「それはまあ……俺もそうだからな」

「ふふ。でもそれがいいんです。今までの男の人とは違うものを、先生には感じるんです」

両親や周りの人間に優等生としか見られないことへの反発もあって、風俗店で嬢として働きだした。

だが彼女の根底にあるのは、本当の自分を見てほしいという願望だったのだろう。

だから本当の自分を見てくれる相手を求め、色々な男の相手をしてきていた。

そしてその中でたまたま俺と相性が良くて、ハマってしまった。

ただそんな偶然に、森ノ宮はきっと運命を感じているのかもしれない。

「買いかぶりすぎだ。所詮、俺は風俗通いが趣味のモテない中年おやじだぞ？」

「でもそれでも、先生は肯定してくれました。心も体も……今の自分のままで良いのだと……それが私には嬉しかったんです」

「……そんな大層なことはしてないけどな……」

そう否定しても、彼女の瞳が俺から離れることはない。

もう完全に、堕ちていますと言っているようなものだ。

そして俺はそれを見て……同じように眼が離せなくなってしまっていた。

「……そんな先生だから、風俗店の仕事に関係なく、したいと……してほしいと思っていたんですっ♥」

抱きついてきたその顔は、なんだか少し赤い。

「ねえ……いいですよ……ね……？」

そして潤ませた瞳で真っ直ぐに見つめてきた。

それが純粋な思いをぶつけられているようで、思わずドキリとしてしまう。

「んっ……」

そして唇を差し出して、キスをせがんできた。

いつもなら、構わずしてくるはずだ。

だがたぶん……してほしいということなんだろう。

そんな可愛らしいおねだりを、拒む理由はない。

「森ノ宮……んっ……」

「んちゅっ♥　んんぅ……ちゅむっ、んちゅぅっ♥」

濃厚なキスで、彼女の期待に応える。

「ちゅむっ、んちゅぅ……先生……♥　あんぅ……ちゅっ……♥」

とても落ちつくし、心地良い。

俺も彼女とのキスにハマってしまっているようだ。

だが、俺は少し迷っていた。

このまま関係を重ねることは、彼女のためになるのだろうか？　と。

「んちゅっ……ご迷惑……でしたか？　私……」

俺の複雑な気持ちが、キスに乗って伝わってしまったようだ。

出会いはどうであれ、今まで恋人なんていなかった俺に、好意を寄せてくれる女性がいることは、単純に嬉しい。

それがさらに、こんなに若くて美人ならなおさらだ。

ただ……やっぱりそれが教え子で、俺よりもかなり年下だということには、躊躇してしまう。

心が揺れ動く年頃。

不安になるのも、わからなくもない。

そこに付け込む大人のようで、自分への嫌悪感がどうしても拭えない。

しかし考え方によっては、受け入れることが彼女のためになる可能性もある。

俺がしっかりと受け止めることで、不安定な彼女の心の支えになるかもしれない。

だったら、その一時の慰みになってもいいのか……。

「……先生……」

なんだか泣き出しそうな顔をして、俺をじっと見つめてくる。

まったく……そんな顔を俺に見せるな……胸が苦しくなるだろう？

「……考えすぎだ。迷惑だったら、さっさと追い返してるよ。んっ……」

「んちゅっ⁉　んんぅ……先生っ！　ちゅむっ♥」

俺からのキスに、ぱっと表情を明るくして、また抱きついてきた。

そして、心地良い肉感の爆乳が押しつけられた。

「んっ……それにせっかく来たんだから、このオッパイも堪能したいしな」

「ああぁんっ♥　んふふ……好きですねオッパイ♥　んはぁ……あぁっ♥」

服を脱がしてブラを外し、吸いつくようなきめ細かい肌のたわわに、指を食い込ませながら感触を愉しむ。

「んんぅ……オッパイを弄られるのが、こんなに気持ちいいって、思ったことなかったけど……先生にされると、すごく感じちゃう……♥」

「うっ……店と違って、ここでそう言われると、なんか照れるな。そんなにいいかな？　俺の愛撫」

「んっ、はい♥　なっ、はぁ……私もこんなに感じるなら……先生もきっと感じるんじゃないですか？」

「……うん？　なんでそうなる？　って、ちょっ、ちょいっ!?」

「んふふっ、確かめてみましょっ♥　ほらほらっ♪」

天使のような笑顔で強引に俺の服を脱がし、指先で乳首にちょっかいを出してきた。

まあそこまでならまだ、ちょっとしたイタズラで済むだろう。

「あはっ♥　硬くなってますよ？　先生……もしかして、もう感じてるんですか？　あ～～んむっ♥」

「ぬあっ!?」

まさか吸いついてくるとは思わなかった。

どうやら、本気で乳首を責めてくる気らしい。

「お、おいおい……俺はそんな性癖はないぞ？　おふっ……」

「んちゅむぅ……ちゅぷっ。でも男の人でここが好きな人って結構多いんですよ？　もしかしたら新しい扉が開くかもしれませんね♪　ん～～ちゅっ♥　ちゅぱちゅぱっ、ちゆるるっ♥」

「森ノ宮は俺をどうしたいんだ……くっ……」

吸いながら舌先でコロコロと転がしてきて、なんだかくすぐったい。

その舌の動きはとてもエロいが、気持ちいいという感じではなく、なんだか妙な気分になる。

それはたぶん快感ではなく、こう……保護欲のようなものを掻き立てられる気がする。

「んっ、まさかこれは、もしかして……母性？」

「ええ？　んふふっ♥　先生ってば、私よりも先にお母さんになる気ですか？」

「自分でもちょっと意外だったよ。まあしてくれた気持ちはありがたいが、気持ち良くはなかったな」

「うーん、残念ですね。乳首でアヘアへさせたかったのに……」

「男性担任教師のメス堕ち計画とか、ニッチな薄い本でも作る気なのか？」

「んんぅ……やっぱりエッチな先生は、直接のほうが好きみたいですねっ♥」

乳首を諦めた森ノ宮は、流れるように手コキへと移行して扱いてくる。

「おおぅっ⁉　くぅ……まあな……」

「あぁ……このたくましさと筋張った感触……いつ触ってもゾクゾクしちゃいますねぇ
……あ、そう言えばもう一つ。お客さんが意外と好きな場所がありました♥」

「え？　いや、別に普段どおりで俺は問題ないんだが……」

「先生が私を受け入れてくれて、嬉しいから、してあげたいんです♪　ここは自信ありますよー、はいっ♥」

むにむにっ！

「おふっ!?　なっ、そこは……くううぅ……」

少し冷たい指先が、竿の付け根のさらに下へと回り込み、睾丸《たま》をもてあそび始めた。

「あっ……オチンポがギンギンになって反り返りましたね♪　あんぅ……カウパーもたっぷり滲み出て……気持ち良さそうです♥」

「お、おおぅ……こ、これは意外と……」

二つの玉を程よく弄りながら、竿もしっかりと扱いてくる。

その同時テクは、思ったよりもかなりいい。

「ぬおっ!?　くぅ……気を抜くとやばいな……」

「そうですか？　よかった♥　これで泣くまで気持ちよくできますね♪」

「客相手にそこまでしてるのか!?」

「あはっ♪　冗談ですよ♥」

とは言っているが、割とありえなくはないかもしれない。

それくらいに気持ち良く、このままだとすぐに暴発しそうだ。

まあ別にこのまま一発抜いてもらってもいいのだが……せっかく嬢と客の関係はぬきでしているのだから、俺だけしてもらいっぱなしなのも、なんだか悪い。

「くっ……随分と良くしてくれているし、お礼に俺からもしてあげよう」

「え？　別にいいですよ。それにいつも、先生だってしてくれてるじゃないですか」

「まあまあ、遠慮せずにっ」

「んあぁんっ!?　きゃあぁんっ♥」

こちらからもやや強引にベッドに押し倒し、服を脱がせていく。

「んんぅ……んあぁ……♥」

「ん？　あ……随分と切なくしていたみたいだな」

ショーツを脱がすと、軽く糸を引くくらいにすでに染みができていた。

「よし。それじゃ俺からはこれで……あむるっ！」

「ふへっ!?　きゃううぅんっ♥」

熱い股間に顔を埋め、舌を伸ばして膣口を舐めた。

「や、やあぁんっ!?　ふあぁ……んはあぁっ♥　だ、ダメ先生っ……そこ舐めるの、だめです……汚いからぁ……そ、それにそれ、ヘンタイっぽいですよぉ……んあっ、んくぅ……ふあっ、くうぅんっ♥」

「んちゅむっ、ちゅぷっ……あれ？　してもらったことないのか？」

「んんんっ、あうぅ……お、お客さんにすることはあっても、してもらうことなんてないし……そもそもこんな恥ずかしいこと、ムリですぅっ！」

男のものは舐めるのに、自分が舐められるのには慣れていないらしい。

ものすごく恥ずかしがって、俺の頭を手で押さえて、秘部から離そうとする。

指名の多い嬢であれだけのテクニックはあるのに、意外とまだしてないプレイが多くて驚く。

だがそれは同時に、俺の愛撫欲に火をつけた。

俺が森ノ宮を、初めてのクンニでイかせてやる！

「んっ……んれるれるっ！」

「ひうぅぅんっ!?　んあぁぁっ！　熱いのが入っててっ!?　やぁぁんっ♥　私のなかぁ……舐めちゃダメぇっ♥」

舌先をさらに柔穴にめり込ませ、波打つようにして舐めまくる。

「はあっ、はぐうぅんっ♥　んはっ、きゅうぅぅんっ♥」

陰唇をさらに熱く膨れさせ、愛液がたっぷりと溢れ出す。

それをすくい取りながら刺激すると、いやらしくよがって感じまくった。

「んいぃんっ!?　ひうっ、んはぁっ♥　やだこれ、すごすぎてっ……大きいの、きちゃうっ、きちゃうっ！　きちゃいますううぅっ！」

そしてクリトリスを舌で弾くと、両方の内腿を閉じながら、愛液を噴き出して膣口を締めつけてくる。

「うひぃぃんっ⁉ イッッきゅううううぅぅぅっ♥」

思ったよりもクンニは、彼女に効いたらしい。

ベッドの上で大きく身体をそらし、すぐに達していた。

「んはあぁぁっ！ んあっ、はうっ、んんんぅ……あ、あううぅ……私から先にしてあげてたのにぃ……はぁぁ……すぐイかされちゃいましたぁ……♥」

「ああ。スケベな汁もいっぱいで、すっかりほぐれて舐めやすかったぞ。さて……準備はいいみたいだな」

彼女の絶頂姿を見て、もう我慢できなくなった。

すぐに枕元にあったゴムを取り出し、そのパッケージに指先をかける。

「あっ……待って、先生……」

と、俺の手を森ノ宮が掴んで止めてくる。

「んぅ……そのままでください……先生を直接感じたいんです……♥」

熱を帯びた瞳で見つめられながら言われたそのセリフで、俺の胸の奥から熱いものが湧き出てくるのを感じた。

「そうか……実は俺もそうしたいと思っていたんだ」

持っていたゴムを投げ捨て、すぐにそのまま、亀頭を膣口にあてがう。

「んはあぁっ♥　あっ……せんせぇ……♥」

「森ノ宮……いくぞっ！」

「くうぅんっ⁉　あふっ……んはあああぁぁぁぁっ♥」

イったばかりの膣内は、軽く痙攣しながら肉棒を迎え入れた。

「おぉ……さすが森ノ宮のおねだりマンコだ。欲しがっていたのが痛いくらいに伝わってくるな」

相変わらず、膣口の締めつけがエグいくらいにきつい。

竿の筋の一本一本に絡まるように、膣襞がいやらしくねっとりとまとわりつく。

「ふうぅんっ♥　んあぁぁ……だって先生のオチンポですもの……。私といちばん相性がいい、素敵チンポでぇ……いっぱいかわいがってくださいぃ♥」

「ああ。もちろんだっ！」

「はあぁっ♥　んくっ、んはあぁんっ♥」

男としての本能が、森ノ宮の膣内は自分のものだと主張したがって、最初から腰が激しくなっていった。

「あうっ、んくうぅんっ♥　ギチギチのオマンコが、擦れて熱くなってくぅ……。んはっ、んんぅっ♥　先生きてぇっ！　めちゃくちゃにしてぇっ♥」

「くぅ……あぁぁ……っ！」

強く締めつける膣内で、膣襞が発熱しながら絡みつき、精液をさらにねだってくる。

快楽に乱れた森ノ宮の姿は、今までに見た中で最もエロいかもしれない。

すっかりと蕩けてメスの顔になりながら、俺のピストンを受け止めて喘ぐ。

「ふあぁっ⁉ んくぅんっ♥ はっ、あぁぁっ♥」

「くっ……濡れ過ぎで卑猥な音がいっぱいだ」

「んあっ、んくうぅんっ♥ やだぁ……これお漏らししてるみたいぃ……んんっ、くうぅんっ♥ でも止められないのぉ……あうっ、ふあぁっ♥」

「ふふ、そうだろうな。俺も腰が止まらないからなっ！」

「んきゅうぅっ♥ ふあっ、はっ、あぁぁっ♥ 身体がふわふわしてぇ……宙に浮いてるみたいですぅ……あっ、はうっ、んんっ♥ 先生……私が飛んでいかないようにっ、ぎゅってしてぇっ♥」

「ふふ……ああ。どこにも行かせないさっ」

快感で少し知能が下がった森ノ宮が、甘えてくる。

それもまた可愛くて、抱きしめながら腰を打ちつけた。

「ふあっ、んあぁぁっ♥ いいぃ……もっとぴったり繋がりたいのぉっ♥ あうっ、んはあっ♥ もっとズボズボしてっ、もっとぎゅとしてぇ……チュッチュしてくださいぃっ♥」

さらに甘えん坊になる彼女が、唇を差し出してくる。

「はは。本当に好きだな……んっ！」

「んんぅっ♥　んちゅむっ、んちゅぅ……んはっ、んあぁぁっ♥」

上も下も深く繋がり、全身で密着して絡み合う。

その熱く激しい抱擁で、まるでふたりがそのまま混ざり合うような錯覚を覚える。

「んちゅむっ、んくぅぅんっ⁉　んあぅ、ダメぇっ、あひっ、んあぁぁっ♥　私っ、またイクううぅっ！　んくっ、くううぅんっ♥」

いやらしくうねって震える膣内が、再び強く締まった。

「おおっ⁉　やばっ、俺もっ……ぐっ……」

「んんぅっ⁉　あはあぁぁっ♥　ビンビンのオチンポがぁっ、中で膨らんでるぅっ♥　あっ、んはぁあっ、先生もきてぇっ♥」

絶頂の嬌声をあげる彼女が、その潤んだ瞳で俺を見つめてくる。

「んはっ、はあぁんっ♥　私の中をいっぱい、いーっぱいっ、擦って、広げて、扱いて、汚してっ、気持よくなって、イってください～～♥」

ぎゅむっ！

「うおっ⁉　も、森ノ宮っ⁉」

昂ぶった気持ちのあらわれなのか、彼女の脚ががしりと俺の腰をホールドし、その膣奥

まで肉棒を導いていく。

「んはっ、あああぁぁっ♥　気持ちいいのぉ……あぁぁんっ♥　熱いのが奥から降りてぇ……これっ、これっ、これぇ……またきちゃうぅぅっ♥」

ぐちゅんっ！

「うひゃあぁっ⁉　あはっ♥　ポルチオっ、きたああああぁぁっ♥」

そのだいしゅきホールドが決め手になり、子宮口が亀頭にキスをしてきた。

「ひゅあっ、あはあああぁぁっ♥　あ、当たったぁっ♥　私の行き止まりにぃ……オチンポじゅんじゅん、きちゃってりゅ～～っ♥」

相当な快感のようで、ろれつが回らなくなってきたようだ。

その顔はみっともなく緩みまくり、幸せそうに涙を浮かべる。

そして最高に締まって震える膣内のいやらしい煽りで、俺も一気に限界を超える。

「ああっ⁉　出るぞっ、森ノ宮っ！」

「んはっ、はひぃぃっ♥　出ひてっ、出ひてぇっ！　あっついザーメンでぇっ、ポルチオアクメしゃせてくらしゃいいいいぃぃっ♥」

「ぐっ……おおっ！」

ドックンッ！　ドプドプッ、ドビュルッ、ビュルルルルーーーーッ！

「いきゅううっ♥　あっついしゃせいれぇ……いきゅっ、いきゅうううううぅぅぅっ♥」

吸いつく子宮口をこじ開けるように、すごい勢いの精液が噴き出して、森ノ宮の中を満たしていく。

「あひゅううぅんっ♥　ひゅあっ、あはああぁっ♥　げんきなざーめんっ、すごっ、すごいですっ、せんせい♥」

受け取った彼女は、最高に絶頂しまくっているようだ。

「くぅ……まるで本物の唇で吸われてるみたいだな……」

俺も最高に気持ち良く味わいながら、最後まで子宮へと注ぎ込んだ。

「んんっ、んふぁあああぁ……あにゅうぅ……はぁ……♥」

ようやく落ち着き一息ついて、改めて森ノ宮の様子を見る。

「おぉ……森ノ宮、今、すごい顔してるぞ？」

「んへえぇっ？　んあっ、はううっ、んきゅううぅっ♥」

これが噂に聞く、アヘ顔というものなんだろう。

すべてが緩みきり、色んなものが垂れてしまっている。

だがものすごく幸せそうなのは、間違いなかった。

「わからないです……うくっ、ふぁあああぁっ♥　もうわけわかんないくらい……すごかったから……はぁ……♥」

「ははっ。そこまで感じてくれると嬉しいな。ちょっと待ってくれ。今ティッシュで拭ってやるから」

「あ……？　くうぅんっ⁉」

少し離れた場所のティッシュを取ろうと、肉棒を引き抜く。

「んやあぁぁんっ⁉　あっ、やらぁ……せんせぇっ⁉　ら、らめーーっ！」

「へ？　あっ……」

どうやら緩んでいたのは顔だけではなかったらしい。

ちょろちょろちょろちょろ……。

びくんと全身を震わせたと思ったら、抜いた秘部から黄金水が、きれいな放物線を描いて飛び出る。

「は、はううぅ～～っ！　んくぅ……と、止まりません……せんせぇ……。ごめんなさぃ……」

「ああ、まあ、あれだ……とりあえずティッシュじゃなくて雑巾だな、これは……」

汚れてしまったのは仕方ないし、特に怒る気もない。

「ひ、ひううぅ……み、見ちゃやだぁ……んんぅ……」

むしろ好奇心も刺激され、最後までその生暖かい噴水を見守ったのだった。

「――先生からのアドバイスを聞いて、あれから将来について両親と話をしました」

やっと落ち着き、ふたりで並んでしばらく横になっていると、ふと森ノ宮が語りかけてきた。

「私……したいことができたんです。でもそれを実行するのは難しくて……だから自分の選択肢を増やすために、進学することに決めました」

「そうか。それは良かった」

このごろ勉強をがんばっていたのは、やはり目標ができたかららしい。

「色々と悩んでいたみたいだけど、自分で見つけられたんだな。俺も嬉しいよ」

「ありがとうございます。先生のおかげですっ♥」

そう言ってまた抱きついてくる彼女の顔は、心から嬉しそうだった。

「ちなみに、そのやりたいことって、なんなんだ？」

「ふふ……先生にはまだ内緒です♥」

「えエ……俺のおかげだって言ってたのにか？」

「それとこれとは別ですから♪」

「そんなこと言わずに、少しだけ……な？」

「いいえ、ダメですよー。あははっ♪」

いつになく楽しげな彼女を見ていると、本当に良かったと思えてくる。

「……先生に話を聞いてもらったことで、私も考え方が少し変わりました。だから卒業まではあまり時間もないけれど……優等生として以外の面を学園でも少しずつ出していくことにしようと思います」

「そうか。森ノ宮が楽ならば、そのほうがいいだろうな。ただ……ちょっとした事件にはなりそうだが……」

とりあえず、クラスメイトは全員ショックで寝込むかもしれない。

そのへんのアフターケアも、考えたほうがよさそうだ。

とはいえ、俺にできることなど、それほど多くはないだろうが。

「ふふ、そうですね。でも、おかげで変われそうです……ありがとうございます」

「ああ。またなにかあったら言ってくれ。力になれることがあれば協力するからな」

「あ……それじゃあ、早速ですけどお願いがあります」

「うん？　なんだ？」

「これからは私のこと、真弓って呼んでほしいです♥」

この日から俺たちの関係は、嬢と客でもなく、教師と生徒でもなくなった。

真弓は俺に自分を見せて受け止められたことで、優等生以外の姿も素直に認められるようになったようだ。

心配された取り巻きたちの混乱も、そこまで大きなことにはならず、少し親しみやすさが増したと、さらにファンが増えたらしい。

そんな彼女は俺から見ても、これまで以上にまぶしい存在になっていた。

そろそろ受験も本格的になる。

彼女もバイトをしている暇はないだろうし、自然と俺との関係も薄れ、離れていくことになるだろう。

そう思うと、やはり少し寂しく感じる。

だがそれは覚悟していたことだ。

これからは節度を持ち、一線は守ろう。

「先生っ！　今日もわからないところだらけなのでっ、教えて下さい！」

「おいおいおい……」

しかし、そんな考えをあっさりと覆すように、授業が終わった後や放課後に、ちょこちょことエッチをせがんできたり、イタズラをしかけてきた。

一線は守ると思っていたが、とんでもない間違えだった
そんな誘惑をかわしたり、かわせなかったりをしながら日々を過ごしていくと、受験が近づいてくる。

優等生クラスとはいえ、やはり成績には個人差がある。

さすがにこの時期は色々と不安なのか、真弓以外にも数人の熱心な生徒が、俺に勉強を聞きに来たりする。

そこで最近は希望者を集めて、補習授業をするのが定番となっていた。

「それじゃあ、まずは配ったプリントの問題を解いていってみてくれ」

今日もその補習を行っていて、真面目な生徒たちは、俺の作った過去問題などをこなしている。

ただ、教室が満員というわけではなく、人数は少ない。

だから、好きな場所に座ってもいいと言ってあるので、仲のよい者同士で近くに集まることが多いようだ。

恥ずかしがり屋が多いクラスなのか、教卓前の席には、生徒は座っていなかった。

それはそれで、やりやすくもあるのだが。

しかし、まさか教卓そのものに隠れる者がいたとは……。

「ふふふ♪　見つかっちゃった」

「……本気か？」

そこでは真弓が、楽しそうな笑顔を浮かべていた。

最初に気づかなかった俺も、相当にアホなわけだが。

なぜここに？

そう聞こうと思ったが、ここで話をしていたらたぶん、生徒たちが疑問に思うだろう。

ちょっと教卓に近づけば、確実にバレるくらいの距離だ。

これは簡単には話しかけられないな。

「あ、あー、えー……わ、わからなくなったら、俺に……い、いや、その場で手を上げて聞くように。俺からそっちへ行って、直接教えるからなー」

とにかく、ここに近づけさせないように先手を打っておく。

さて、後はこの不良娘をどうやって、ここから出すとしようか……。

きっと、イタズラで驚かそうとして、ここに入ったのだろう。

そんなことを考えていたが、根本的にその考えは間違っていた。

「それじゃあ、先生。今日も教えてくださいね♥」

「……え？」

真弓はささやくように小さな声でそう言う。

そしてその眼は明らかに、エロ目的で勉強を聞きに来るときのメスの視線だった。

まずいっ！　この流れからすると、もしかして彼女は――。

そう思ったときにはもう遅く、すでに俺のファスナーに手をかけていた。

「ん……んれるっ♥」

「うぐっ⁉　くうぅ～～っ」

　悪い予感の通り、真弓は鮮やかな赤い舌の伸ばして、肉棒を舐め始めた。

「ぺろぺろっ、んはぁ……もう、濃い味がするカウパーが出ちゃってますよ？　んふふ……教壇に立ちながらこんなに勃起させて、悪い先生ですねぇ……」

　皆には聞こえない小さな声で、俺を楽しそうに煽る。

「こんな悪い教師の有り余った性欲は、早めに処理しないと他の女子生徒の危険に繋がってしまいますから。私が責任を持ってヌイてあげますね♪　んんぅ……んちゅるぅ……れろっ、れろ♥」

「あうっ⁉　ううぅ……」

　や、やめろ真弓っ、これはシャレにならないっ！

　そう言って止めたいところだが、練習問題を解いている今、少人数だということもあり、教室はかなり静かだ。

　そんななかで、教壇の俺がなにか喋れば、確実に補習中の生徒の視線を集めてしまう。

　そうなれば俺だけでなく、真弓をも危険に晒してしまう。

　ここはなんとか、耐えなければ……。

「ん～～れるんっ♥　んあぁんっ⁉　はあぁ……もうビクついちゃってっ、かわいっ♥　んちゅぅ……れろんっ！　ぺろっ、ぺろっ……♥」

「ぐくっ……」

声を殺し、なんとか我慢しようとする。

だが教卓の中の真弓は、悪魔的な笑顔を浮かべる。

「んりゅぅ……あれれー？　耐えようとしてるんですかー？　駄目ですよ早く出してくれないと。性犯罪者になる前に、私のフェラでイっちゃわないと♥　んれるっ！　ぺろぺろっ、んちゅんっ♥」

「くうぅ……うぐっ……」

くそっ！　真弓め……完全に楽しんでやがるっ！

裏筋をなぞるように丁寧に舐めてきたり、竿全体を大きく舐めたり小さく舐めたり。

俺の感じやすいツボを、的確にくすぐって、本気でヌく気で責めてきた。

「んるぅ……んれるっ、んんぅ……あれれ？　意外とがんばりますねぇ」

「うっ、ううぅ……ふうっ、ふうぅ……」

軽く息が上がってしまったが、それでもなんとか耐え抜いた。

「うーん……こんなにバキバキにさせてるのに、声を出さないなんて……こういうところで無駄にがんばらなくてもいいのに」

無駄とか言うな、無駄とかっ！

「うぐっ!?　くっ、くぅ……」

言い返せないとわかっていても、抵抗したくなる。

「くっ！」

もういいだろっ？　おとなしくしていてくれ！

そんな思いを込めて、アイコンタクトを送る。

「んー？　先生、なにか言いたそうですね……」

さすがに俺が、わりと本気で怒っていることに、ようやく気がついたらしい。

「……あらあら、そんなに眉間にシワを作っちゃって……しかもそんな視線を向けて……

えーっと先生はきっとこう言いたいんですね？」

無言でにらみ続ける俺を、じっと上目遣いで見つめ返してくる。

もちろん激カワだが、ここは心を鬼にして、きちんと反省してもらわなければ。

「………も・の・た・り・ないっ♪　と」

ちっがーーーーうッ！

他の生徒がいなければ、教卓をひっくり返すところだ。

そして、きちんとわかっていて、彼女はイタズラを続けようとしているんだろう。

だが、もう遊びはここまでだ。

「ぐっ……も、森ノ宮……いい加減にしろっ……」

見つかるリスクを承知で、小さい声で怒る。

が、むしろそれが真弓のイタズラの炎に油を注ぎでしまったようだ。

「あーっ！　ふたりのときは名前で呼ぶって約束したのに……破りましたね？　破っちゃいましたねっ？」

いや、真弓だって、先生としか呼んでないんだがっ⁉

「もう許せませんっ。こうなったら可愛い声を出させて、みんなの前で赤っ恥をかかせちゃいますからっ！」

や、やめろやめろっ！　それだけじゃ済まないぞ、絶対っ！

首を横に振る俺を見ながら、真弓はニヤリと笑い、その小さな口を目いっぱい広げ――。

「あ～～んむっ♥」

「くっ⁉　ぐ、ぐむ……」

ぱくりと根本まで、一気に咥え込んだ。

「んちゅっ♥　んくぅ……やら、お口の中れっ、大きくなっへるっ♥　んちゅぅ……ちゅぷぅ～～っ、ちゅくっ、んんぅっ♥」

舌を竿に絡めながら、ゆっくりと前後に動かし、味わうようにしてしゃぶる。

ひ、ひぃぃーーっ‼　聞こえるだろっ！　普段教室で絶対聞こえない音が、出ちゃってるぞっ、真弓っ！

彼女の口元から、いやらしいぬめった音がかすかに漏れて、俺は気が気でない。

「んちゅむっ、ちゅぷぅ……んぷっ、ちゅっ……ちゅくっ♥　んはぁ……先生のオスの味で……なんだか本気になってきちゃったっ♥」

そんなことを言う。

咥えたことで、真弓自身もかなり興奮しているらしい。

「もうちょっときちんとしてあげますよ～～……んくむっ！　んちゅぷっ、ちゅるぅ……くぷっ、ちゅぷっ♥」

より深く咥え込み、段々とスピードが上がっていく。

「…………あれ？　なんか変な音しない？」

別の生徒が、そう呟いた。

ついに前のほうに座っている生徒の耳にも、届いてしまったらしい。

隣の生徒に小さく尋ねるのが聞こえて、背筋が凍った。

「え？　どんな？」

「なんかこう、水が落ちるような？　雨の中を誰かが歩いてる感じ？」

「え、もしかして雨が降ってきたのかな？」

そ、そうだっ！　雨の音と勘違いしてくれっ！

すかさず窓の外に目を向ける。

「……あれ？　めっちゃ晴れてる」

「おっかしいなー」

残念ながらまったく降る気配がないくらいに、きれいな夕焼けが見えた。

このままでは、いずれバレる。

「ぐっ……あ、ああー、こらこら。くっ……ちゃ、ちゃんと集中するように」

「『はーい』」

とりあえず無駄に声を張って、注意するフリで誤魔化す。

「んちゅむっ、ちゅぱっ、んちゅぅ……はーい。フェラチオも集中しますね♪」

そっちは集中しなくていい。

そんな念を込めながら、教卓の下をにらみつける。

「まあ、怖いっ。もっとしゃぶってご奉仕しろって、怒られちゃいますね♪　わかりました、ちゃんとヌきますよ♪　あむっ♥　んちゅぷっ、ちゅぷっ！」

「うぐっ⁉　くぅ……」

自分の都合のいい解釈をして、さらにしゃぶって責め立ててくる。

「んじゅぷっ、ちゅくぅ……ちゅぱっ、ちゅぱっ♥」

あいかわらず、いやらしい音は続いている。

そう何回も注意はできないが、どうにかしてこの音を隠さなければっ！

「くっ、んっ……ど、どうだ？　みんな。わからないところはないかー？　質問があれば遠慮なく聞いてくれよーっ？」

　むしろ質問をしてくれ！　そうすれば話し声で、かき消せるんだ！　頼む！

　プリントに集中している生徒たちには悪いが、なんとか声を出させるために、無理矢理適当に話しかける。

　だが、ここは進学クラスであり、基本的には勉強ができる生徒たちばかりだ。

　自力で解こうとする意識が高いせいなのか、俺の作った問題を集中して解いていっているようで、質問はまったく出てこない。

「んちゅむっ、ちゅぷっ、んちゅるぅ……そういえば素朴な質問なんですけど、オチンチンの縫い目って、どうしてあるんですかー？　あむっ、ちゅぱっ、ちゅむぅ……んちゅむっ♥」

「ぐっ……」

　なんだその質問はっ⁉　子供の電話相談でも、もう少しまともな質問するぞっ！

　教卓の下からの疑問は無視をして、なんとか打開策を考える。

　仕方ない……こうなったら、少しわざとらしいが……。

「う、うーん、そうだなー。たとえば問6の問題。これは引っ掛け問題だなー？　うくっ……落ち着いて整理すれば、意外と答えは簡単に出るからなー」

誰からも言われていないが、勝手に解説を入れる独り言スタイル。

これならうまく、喋り続けることができるだろう。

「んちゅむっ、んんぅ……先生ー、なかなか出ないですーっ」

真弓っ……あとで絶対お仕置きだぞ。

今の俺はきっと、肉棒だけでなく、こめかみにも大きく青筋が出ていることだろう。

そんなことをまったく気にせず、真弓はまた、とても悪い笑みを浮かべた。

「うーん、早く出さないとますます機嫌が悪くなっちゃいますね……しかたありません。見つかるかもしれませんが、とっておきでヤっちゃいましょうっ♪」

な、なにっ⁉

これ以上、なにをする気なのかと、彼女に目を向けると、また大きく口を開けて頬張ってくる。

そして大問題は、その後にやってきた。

「あむんっ！　んちゅむぅ……じゅるっ！　じゅるるるるっ♥」

「ぐぬぅっ⁉」

すさまじい吸いつき。

予想外のバキュームフェラで、思いっきり啜《すす》りながら、トドメを刺そうとしてきた。

「んちゅむっ、じゅるっ♥　んはぁっ♥　オチンポ、ビクビクっ♥　ん～～ちゅるっ！　じゅぽっ、じゅぽっ、じゅるるっ、ちゅるるるるるっ♥」

ひいぃっ⁉　お、音が……これはやばすぎる！

「お、おおーーっと！　そう言えば、問10の問題は、応用問題が試験に出ることが多いからっ、しっかりとその特徴をつかんでおくほうがいいぞーっ！　俺も学生のときはよく……」

こういう雑談のような話題は苦手だが、今は必死に頭を回転させて、いかに話を続けるかに集中する。

だがそうなると、股間の快感に飲み込まれそうになる。

「んちゅぱっ、じゅるるっ、んんぅ……んちゅっ、じゅるるんっ♥」

頬肉をピッタリと張りつかせながら、激しい前後運動で扱いてくる。

これには思わず、腰が引けそうになる。

だが真弓が、ガッチリと腰を固定して逃さない。

「はぷっ、んちゅぷっ、ちゅむぅ……まら出ないんれすか？　もうっ、素直じゃないれふね……ちゅぷっ、んじゅるるっ♥　じゅるっ♥」

ぐっ……だ、駄目だ。抑え込むのにも限界があるぞ。

もう、声も精液も出そうになるが、脂汗を流しながら必死に耐える。

だ、だがあともう少し……もう少しがんばるんだ、俺っ！

「んんぅ……んはっ、早く楽になっちゃいましょうよっ、せんせっ♥　んちゅっ、ちゅぱっ、ちゅぱっ、じゅるるるるっ♥」

「ぬぐぅ……そ、そういえば受験といえば、体調管理は大事だなー！　これは俺の知り合いの話なんだが……」

話を無理矢理つなぎ、ギリギリを保っていたが、もう厳しい。

だが、実は俺にはきちんとした勝算があった。

なぜなら、あともう少しで――。

キーンコーンカーンコーン。

ああ……神は俺を見捨てなかった……。

待ち望んでいた、下校時間を告げるチャイムが響く。

「そ、それじゃあ今日はここまでにしておこう。みんなあまり道草せずに、すぐに帰るようにっ！　特に教室に残ってるやつは、内申を下げるからなっ！」

「ひえ～～っ⁉　ひどいよ、先生ー」

「冗談きついですよー」

「う、うるさい。とにかく早く帰りなさいっ！　ほら早くっ！　カウントダウンをはじめるぞっ！」

「はいはーーい。帰りますってばー」

なんだかんだと不平を言いながらも、すぐに教室から出ていった。

基本、俺の受け持つ生徒は、素直で良い子ばかりなのだ。

この教卓に潜む不良少女以外は。

「ふうっ、ふううぅ～～っ！　ど、どうだ真弓、耐え抜いたぞっ！　俺の大勝利だと言えるだろう！」

皆が出ていったのを見計らい、俺は堂々と宣言をする。

なんだか、ものすごく大きな仕事をやり遂げた達成感で、胸がいっぱいになる。

「……………………ッチ」

「し、舌打ちだとっ⁉」

真弓は悔しそうに顔を歪ませた。

だが、そこで終わる彼女じゃない。

「あむんっ！　んちゅぷっ、じゅぽっ！　じゅぽっ！　じゅるっ、じゅるっ、ちゅるるるるっ！」

「ぬおっ⁉　ま、まだ続けるのかっ⁉」

ふたりだけになったので、より大胆に動いて吸い上げ、思いっきり音を出しながら卑猥なフェラでラストスパートをかけてくる。

「ちゅぱっ、んくぅ……んちゅむっ、ちゅううぅっ♥」

後ろの黒板に俺を押しつけるように、もはや教卓に潜むこともやめて、真弓は本気でしゃぶりついてくる。

「んくっ、んんぅっ♥　あれれー？　なんだかさっきのほうが、オチンポ硬かった気がしますねー。やっぱり女生徒に見られながらしゃぶられたほうが、気持ちよかったんですねっ♥　あむっ、んじゅるるるっ♥」

「くおっ⁉　そ、そんなわけは……おおうっ⁉」

ごまかし隠しながらのフェラチオは、生きた心地はしなかった。

だが同時に、今までにないくらいの興奮があったのも、実は気付いていた。

「ふふっ♪　先生もクセになっちゃったんですね。あぷっ、んちゅっ♥　これはきっとも
う、身体が覚えちゃいましたね……授業中にこうして教壇に立つときはずっと、私のお口を思い出しちゃうくらいに♪」

「ば、ばかなっ⁉　そんなはずは……あうっ……」

「んんぅ……最後にきちんと覚えてもらうために、たっぷり出させてあげましょうっ♥　んじゅぷっ、ちゅぱっ！　じゅるっ、じゅるるっ、ちゅるるるるっ！」

はしたないほどの音を立てるバキュームに、肉竿が吸い込まれていく。

「ああっ⁉　で、出るっ！」

ビュルルルルッ！　ビュクビュクッ、ドビュッ、ドピュ－－－－ッ‼

「じゅむうぅんっ⁉　んぐっ、くぷううう～～んっ♥」

あれだけがんばって耐えていたが、結局彼女の極上バキュームフェラの前には、無力だった。

「んくっ、んじゅるるっ！　んくっ、ごくっ、ごくんっ♥」

「ぬおっ⁉　啜り取って飲み込んでるだとぉっ⁉」

尿道口から発射し続ける精液を、口内に留めることなく、喉を鳴らしてすぐに飲み込んでいく。

「ぐくっ、ごくっ……ちゅうう～～っ、ごっくんっ！　んはあ～～ぁっ♥　濃厚なザーメンでしたぁ……はあぁ……私もすごく興奮しちゃって、イきかけちゃいましたぁっ♥」

思いっきり射精し、思いっきり吸い取られて、さすがに肉棒も力を失い、徐々におさまり柔らかくなっていく。

「あ、……最後のお掃除っ♥　んちゅぅ……んむるっ、ちゅっ♥」

それをまた咥え込み、美味しそうに……そして嬉しそうにしながら、舐め回した。

そんなドスケベな優等生である真弓の姿は、とてもいやらしく、また美しい。

それは俺だけが知る、唯一本当の姿なのだろう。

ああ……俺は色んな意味で、とんでもない女の子を引き当ててしまったのかもしれないな……。

きれいにチンポを掃除するその姿を眺めながら、そんなことを思う。

だがそれに関して後悔はなく、むしろ感謝しかない。

「ちゅぷっ、んん……私が卒業した後も、絶対に忘れられないような思い出を、これからもたくさん作りましょう♪」

そう言って、艶っぽい笑みを浮かべる。

「ああ……真弓となら、多く作れそうだな……」

とりあえず今日のこれは、確実に忘れられない思い出になった。

エピローグ 好きなんだからしょうがない

もうそろそろ、春も近い頃。

無事に担任クラスの全員が、卒業式を迎えることができた。

皆、進路は進学で、概ね志望校へ合格していたので、俺も一安心だった。

当然、森ノ宮もそのひとりだ。

「——柔らかな日差しが心地良く、春の訪れを感じる季節となりました。本日はわたくしたちのために、このような心のこもった卒業式を挙げていただき、大変ありがとうございます——」

最後に卒業生代表としての答辞を述べたときは、さすがに俺も目頭が熱くなった。

もちろんクラスメイトは全員泣きじゃくり、ファンクラブの会員は号泣して、一時卒業式が止まったくらいに大変だった。

そうして式が終わると、真弓は他の生徒と共に卒業パーティーに向かい、学園で会えるタイミングはもうなかった。

少し寂しい気もしたが、見送る側としてはいつものことだ。

それから同学年の教員と軽く打ち上げをして、心地良くほろ酔い気分で家に帰る。

ああ……今年のクラスは、なんだかんだで楽しかったな。

そんな思い出に浸っていた夜――。


「ただいま戻りました。克己さん♪」

真弓が当然のように、俺の家を訪れた。

「ただいまって、いや、ここはお前の家じゃないし、同棲もしてないからな？」

「そんな～～っ。もうほぼ毎日来ているんですから、セカンドハウスでいいじゃないですか～～」

「駄目だ駄目だ。ちゃんと大学を卒業してからだ」

これは卒業前から、ふたりで決めていたことだ。

俺たちは正式に恋人同士になった。

だがまだ学生の彼女には、色々なことを経験してもらいたい。

だから俺が彼女を束縛しないように、ルールを決めておいたのだ。

しかし、逆に真弓のほうから、そのルールを破ろうとしてくる。

なので実質、あまり意味のないものになっていたが、同棲状態になるのだけは避けようと、なんとか守り通していた。

だがまあ……それも時間の問題になりそうな気がしてならない。

「……まあともあれ、色々あったが卒業おめでとう」

卒業式ではきちんと言えなかったので、改めて祝いの言葉を述べると、少し照れた様子ではにかんだ。

「ありがとうございます。これからは先生と生徒じゃなくなったから、大手を振って一緒に歩けるようになりますね♪」

「ああ、そうだな。色々と窮屈な思いをさせてすまなかった……」

彼女への思いが抑えきれずに、しっかりと抱きしめる。

「真弓……」

「あっ……」

これからは、ただの男と女として、恋人になってふたりで歩んでいける。

改めてその喜びに胸が熱くなる。

「んっ……克己さん……んっ、ちゅっ……♥」

彼女からのキス。

いつもはもっと激しく求めてくるのだが、今日は落ち着いている。

それはたぶん……彼女に心の余裕ができたからなんだと思う。

自分の将来の目標が決まり、そのお陰で親との軋轢も減った。

そしてなにより、これからの俺との関係だ。

まだ不安はあるだろうけど、彼女なりに考え、努力し、そして一応の答えを出したんだと思う。

「んんぅ……ちゅむっ、んちゅぅ……これからは誰にも咎められずに、いっぱいできますね♥」

「ああ、そうだな。まあ、その前からいっぱいしてたけど。んっ……」

「んんぅっ♥　そうですね♪　ちゅっ、んちゅぅ……♥」

ひとりの教師として、教え子の成長は素直に嬉しい。

それに加えて、その教え子を今度は彼女として、すぐ横で見守ることができるのは楽しみだ。

「んっ……はい、克己さん♪　どうぞ♥」

「ん……？　え？」

むにゅんっ！

まるで差し出してくるかのように、自分から爆乳をさらけ出し、その心地良い弾力を俺へと押しつけてきた。

「卒業したてのＪＫオッパイです♪　あんぅ……もうＪＫは今日で最後ですから、しっかり堪能してくださいね♥」

「はは、確かに。まあＪＫにしては規格外のオッパイだったけどな」

「んはぁぁんっ♥　あんぅ……んあぁっ♥」

遠慮なく下から持ち上げるようにして揉みしだき、そのボリュームと感触を大いに堪能していく。

「んくっ、んあぁ……んんぅ……やっぱり、克己さんのいやらしい手つきは、他の人より断然、すぐに気持ちよくなりますね……。もう私の身体がそういうふうに、しつけられちゃったんですね、きっと♥」

「おいおい、そこまでじゃないだろう。きっと感度が良くなったんじゃないか？　ＪＫを卒業したからな」

「はんぅ……卒業は関係ないじゃないですか。その前からそうですし……んっ、んくぅ……悪い先生のエッチな調教で仕込まれたんです♥」

「こらこら、言い方っ。俺はまだ教師なんだから、変な噂を流さないでくれよ」

「ああ、なるほど……浮気対策にも、後輩に教えておかないといけませんね♪」

「このっ……不良卒業生めっ！」

「きゃうぅんっ♥　やんっ、そこまた摘んじゃ……んあぁんっ♥」

からかいのおかえしに、可愛らしく勃起した乳首をいじめていくと、嬉しそうな声を出して、いやらしくよがる。

「……それにしてもあっという間だったな。真弓もついに、ＪＫじゃなくて今度はＪＤか……」

「んんぅ……あれ？　もしかしてＪＫじゃなくなったから、もう興味なくなっちゃったとか思ってませんか？」

「そんなわけないだろ。実は言ってなかったけどな……。むしろＪＤのほうが、俺としてはストライクなんだよな、これが」

そう……。真弓の店に通う前の俺は、風俗に行けばほぼＪＤシチュで頼み込み、ＡＶは必ずＪＤ出演モノ一択という、その道一筋だったのだ。

だから別に、ＪＫという要素自体には、興味があまり出なかったわけだが……。

もちろん実際には、教え子だということには興奮してしまった。

おそらくは職業柄、無意識にＪＫ要素を避けるようになっていたのだろう。

真弓に出会ってから、俺も知らぬ間に変わっていたようだ。

「えーーっ!?　じゃあ、今までのは、ＪＫ好きのヘンタイ教師を演じて、私を騙していたんですか？　ううぅ……ひどいですよ、克己さん」

「いや、そもそも、俺がＪＫ好きだと勝手に勘違いしていただけで、別に騙してはいないだろう。あと最後のは、可愛くないからやめといたほうがいいぞ？」

「あ、ヘンタイ教師のほうは否定しないんですね」

「まあ、それは合ってるし」

「あははっ♪　素直ですね、克己さんは」

「まあそうなったのは、大好きな真弓のせいなんだけどなっ」

「きゃうぅんっ⁉　あっ……うぅぅ……」

そのままベッドに押し倒すと、可愛らしい声を上げて、珍しく耳まで顔を赤くする。

「ん？　なんでそんなに照れてるんだ？」

「あうっ、だ、だって……急に大好きとか言ってくるから……そういう不意打ちは卑怯ですよっ、もう……♥」

「別におかしいことじゃないだろう。本当のことなんだからな」

「んんぅ……たまに克己さんは、妙なところで男らしいんですから……まあそこも好きなんですけどっ♥　ちゅっ♥」

「んっ……」

赤い顔のまま嬉しそうに再びキスをして、抱きしめてくる。

「んん……ん？　おわっ⁉」

そしてなぜかそのままグルっと身体を転がし、俺と上下を入れ替える。

「んふふふ♪　嬉しいから、今日はこっちでしてあげますねっ♥　ん〜よいしょっ♥」

俺の下半身を素早く脱がし、肉棒を取り出すと、自慢の爆乳で挟み込んできた。

「おっ？　おおぉ……それはいいな。ぜひ頼もう」

「んっ……かしこまりました、いっぱいオッパイで扱いてあげますっ♥　んりゅぅ〜〜……んぷっ♥」

しっかりと爆乳を寄せ、そこに唾液を軽く垂らす。

店では絶対見せないテクだが、逆にそれが俺を興奮させた。

「きゃっ⁉　あんっ♥　もうビクついて暴れちゃってる♪　焦らなくても、ちゃんとしてあげますよっ♥　はぁ……あふっ、んんぅんっ♥」

「くぅ……ああ、これだこれ……たまらないな」

ふわふわの素肌を程よく滑らせながら、身体ごと元気に上下に擦り上げていく。

「はぁぁ……ゴツゴツの熱いオチンポがオッパイの中で擦れてるぅ……んあっ、はぁぁぁ……この熱気が顔にまで届いてきちゃうぅぅ♥」

極上の膨らみが肉棒を挟んで揺れる。

その様子を見るのも素晴らしいが、そうやって、俺のためにがんばってくれる彼女の顔を見ると、最近はものすごく興奮する気がした。

たぶん俺の中で彼女を魅力的に感じる部分が、若さや身体的な魅力だけでない方向に、少しだけ変化しているのかもしれない。

　恋人がいるって、いいことだな。

「んんっ、はあぁ……うん？　どうしました？　じっと顔を見つめてきちゃって……んんっ、はんぅ……」

「え？　そうか？　いつも通りの大迫力のオッパイは最高だなと思ってるだけだけど？」

「んんぅ……そうですか……あんぅ……。いつもはもっといやらしくニヤけながら、鼻息を荒くしてるのに、今日はちょっと落ち着いてるように見えて……んんぅっ⁉　はんぅ……でもオチンポはいつも通り、落ち着かないですね♥」

「そんなひどい顔してるのかっ⁉　まあ、改めて真弓が恋人になってくれてよかったなと思ってたからかもな」

「んあぁんっ⁉　んっ、んもうぅ……だからそういう恥ずかしいことは急に言われると照れちゃいますよぉ……んっ、んんぅ……。じゃあ、そんなことも考えられないくらいに、もっといきますよー、えいっ♥」

「へ？　くおぉっ⁉」

　気合を入れ直した真弓が、腕に力を込める。

「んんっ、んっ……んはぁ……あっ、はあぁっ♥」

　左右からの乳圧が急に増して、密着してかなり気持ちいい。

　というよりも……気持ち良すぎる！

「あはぁっ♥　カウパーもいっぱい出て、よく滑りますっ♥　んんっ、んはぁ……まだまだいっちゃいますっ！　んんぅ……はぁぁっ！」

「くぅ……す、すごい……」

　さらに煽るように上下させ、谷間から顔を出す亀頭を舌先で舐めて刺激してきた。

　それが今までにない快感を生み出し、一気に射精感が限界を突破する。

「ぬあっ⁉　嘘だろ……これはもうっ⁉」

　ビューーッ‼　ビュッ、ビュッ、ビューーーーーッ‼

「んぇぇっ⁉　んきゃあああぁぁんっ♥」

　完全に暴発して、真弓の顔面にぶっかけてしまう。

「んんっ、んふぁぁぁ……♥　濃いオスのザーメン臭ぅ……んんぅっ♥　頭の奥に刺さるみたいに、クラクラしちゃうぅ……ん、れるっ♥」

「うおっ⁉　くっ……」

　噴き出す精液を口元でも受け止め、舌先で舐め取って綺麗にしていく。

　それもまた気持ち良くて、腰が抜けそうになった。

「ああ……悪い。まさかパイズリがこれほどの威力とは……。真弓のオッパイはやっぱり成長しているに違いない」

自分でもびっくりするほどの暴走と、快感の余韻を感じながら、ティシュで彼女の顔を拭っていく。

「んんぅ……あんっ♥　そこまで喜んでくれて、嬉しいです♥　ＪＤになっても、まだまだもっと楽しませてあげますよ♪」

「ああ。期待してるぞ」

嬢だった彼女だからといって、過剰に何かを求めるわけじゃない。

でも真弓は、ほんとうにセックスが好きなタイプなのだ。どんなことでも楽しそうに、いちゃつくように奉仕してくれるので、最高だった。

「はんんぅ……でもこれだけ出しても、まだビンビンですね♥」

彼女の視線の先にある肉棒は、しっかりと硬いままで自分を主張していた。

「……そういえば、私たちの最初の出会いもこんなでしたね……」

そう言って、少し目を細めて懐かしがる。

「……振り返ってるところ悪いが、最初の出会いは学園ということにしておいたほうが、きれいな思い出になると思うけどな。実際そうなんだし……」

「そうですか？　でも学園じゃ生徒と教師として会っただけで、全然印象に残らなかったですから。私たちがこうして恋人の関係んいなるきかっけは、紛れもなくお店ですよ」

「まあ……言われるとそうかもな」

嬢と客。

あの日の冒険がなければ、こうなっていなかった。

色々あったが、あのときの俺の気まぐれな行動を、今は後悔していない。

「あっ、そうだ。じゃあ次はやっぱり、これでしてあげないといけませんねっ♥」

「ん？　おおっと……」

まだまだ元気いっぱいな真弓が、俺に跨って肉棒を握る。

「そのままですよ？　克己さん……特別サービスっ、いっちゃいますっ♥」

「なっ⁉　くおぉっ♥」

「んぐうぅ……んはふぁあああぁっ♥」

膣口を亀頭に押しつけると、蕩けて濡れた膣内へ一気に肉棒を受け入れた。

「ああっ、んはぁんっ♥　このピッタリとハマる感じ、素敵ぃ……んんぅ……はぁ……

あのときを思い出すと、なんだか懐かしいですねぇ……♥」

うっとりとした顔をしながら感じ入る。

たぶん店で最初にしてくれた、特別サービスを重ねているのだろう。

「確かに……でもまあ、あのときは、後ろ向きだった気がするけど……」

「んんぅ……そうでしたね。だってあのときは、恥ずかしかったから……顔をまともに見せられなかったんですもの……」

「そうだったのか？　まったくそんなふうには見えなかったけどな」

「でも今は、克己さんの顔を見ながらじゃないと、しっくりこないんです……んはっ、んんぅ……でも懐かしいですから、後ろを向いてしてみます？」

「いや、このままがいいな。やっぱりりオッパイを見ながらのほうが、やりやすいからなっ！」

「んえぇぇっ⁉　きゃあぁっ、はあぁぁんっ♥」

再び下からオッパイを鷲掴みにして、俺のほうから腰を思いっきり突き上げる。

「んくっ、ふぁあぁっ♥　あうっ、んくうぅ……きゅ、急にそんなに責めてきちゃダメですぅっ……んあぁぁぁ♥　あのときは私が動いてたのにぃ……んあっ、はぁ……私だってぇ……んんぅっ♥」

「くおっ⁉　きついって、その締めつけは……あぐっ……」

有り余った若い精力を使うように、より強く膣圧を高めながら、彼女も腰を激しく振ってきた。

「あふっ、くんぅ……あぁっ、はあぁぁっ！　んあぁぁ……先生っ！　んくっ、んあぁぁんっ♥」

あの頃のように俺をそう呼びながら、大胆に腰を振っていく。

最近はあまり聞かなかったが、もうこの呼び方も最後になる。

「あぁ……真弓っ！」

「んきゅうぅんっ⁉　んはっ、はぁぁんっ♥　オチンポ激しいぃっ♥　んいっ、んあぁぁっ♥」

ＪＫを卒業か……。そう思うと、さらに腰の突き上げに熱が入った。

「あっ♥　ん、はぁっ、ふぅんぅっ！　最後の現役制服えっち……んあっ、あぁぁっ♥　いっぱい感じてっ、突き上げてくださいっ♥」

ひらひらとスカートを揺らしながら、俺の上でいやらしく跳ねる。

「んくっ、んんぅっ♥　ああっ、ひゃあぁっ♥」

その艶姿を見上げながら、肉竿を突き入れ、そして扱かれて、ふたりで高まっていく。

「あふっ、んんぅ……今日はもうっ、絶対に中出しでほしいですぅ……んんっ、んあぁぁっ♥　卒業式の後の種付けセックスでぇ……んっ、んんぅっ♥　先生ぇ、パパになってぇ……独身からも卒業しましょうっ♥　んあぁぁっ♥」

「え？　くおっ⁉」

とんでもなことを言いながら、孕みたがりのＪＫマンコが肉竿を絞り上げていく。

「んっ……まあ、それも悪くないなっ！」

「あはあぁっ♥　ああっ、嬉しいっ♥　せんせぇっ♥」

最初は俺も避妊に気を遣っていたが、もう最近はほとんど気にせず、生でしている。

彼女と共に、いつかは家庭を作りたい。

それだけの思いが、今の俺にはあった。

そしてその思いは、真弓も同じなんだろう。

「んあっ、あぁぁんっ♥ 自分言ってたらぁ……お腹の奥が熱くなっててぇ……んんっ、んあぁぁっ⁉ あっ、これぇっ、もう私ぃっ！」

ぶちゅっ！

「ひゅいいぃんっ⁉ いあっ、またポルチオっ、勝手に落ちてっ、イきゅうううぅぅぅぅっ♥」

子宮口で亀頭を迎えにきたのと同時に、真弓は大きく絶頂した。

「んんっ、んはぁっ、早くて……あんっ、もうぅ……。せんせいと一緒にと思ったのにぃ……んくっ、んんぅ……」

「まあこれでお互い、一回ずつイってるし。だからちょうどいいんじゃないか……なっ！」

「ひゃあぁぁっ⁉ あうっ、んなあぁぁんっ♥」

まだ普通にしゃべる余裕がありそうなので、そのまま俺は最後に向けて、ラッシュをかけた。

「あうっ、んはぁんっ♥ お、女の子の絶頂はぁ、男の人の射精と違って、ずっと続くからぁ……んくっ、んはぁんっ♥ ダメですよぉ……」

「くっ……まあ俺もあと、もう少しだから、子宮を開けて待っておいてくれっ！」

「んひぃぃんっ♥　ふあっ、あふっ、んあぁぁっ♥　さっきからもうっ、イきまくって開きっぱなしですぅぅっ♥」

確かに亀頭ごと飲み込むようにして、子宮口の吸いつきが半端ない。

それに加えて、締めつけとうねりが合わさり、種付け射精には絶好のタイミングだ。

「おおっ……それじゃ、出すぞ真弓っ！」

「きゃうっ!?　んはあぁっ♥　ああっ、オチンポ突き刺さりゅううぅっ♥　いいっ、いいいっ♥　受精ザーメンっ、注いでくらさいぃーーーーっ♥」

「この射精で……孕めっ！」

ドクンッ！　ドクドクドクッ！　ドビュルッ、ドピューーーーッ！

「うっ…………くふぁあああぁぁぁぁっ♥」

愛液という涎をたっぷりと垂らした膣奥に、俺のすべてを注ぎ込む。

「ああっ、あはぁ……ああっ、熱ぅ……♥　子宮がいっぱい克己さんのをぉ……ごっくんごっくん、飲んでりゅのぉ……ふはあぁ……♥」

精液を求めているかのように子宮が蠕動し、一滴たりとも逃さないとばかりに吸いついてくる。

彼女の体奥の、もっとも深い場所を満たすように、俺は何度も射精し続けた。

「んあぁあぁ……本当にこれぇ……できちゃうかもぉ……♥」

「ふふ、それが本当なら、すごい卒業記念になりそうだな。でもそうなると、ママJDということになるが……まあそれでも、真弓となら楽しくなりそうだな」

「んんっ、んふふ……そうですねぇ……克己さんとなら、大丈夫ですぅ……♥」


最初の出会いは嬢と客だった。

それから今まで色々とあったが、まさか恋人になるとは思ってもみなかった。

そして、これから彼女には、きっと明るい未来が待っていることだろう。

なぜなら、俺も一緒にその幸せに向けて、努力していく予定なのだから。

「……あ。もう卒業したんだし、そろそろ教えてくれてもいいんじゃないか？」

「んぅ……え？　なにをですか？」

「ほら、いつか言っていた真弓のやりたいことってやつだよ」

「ああ、あれですか……先生が、アドバイスをしてくれたこと覚えてます？　色々な選択肢のために進学したほうがいいって」

「うん？　ああ、あれな……」

両親の望んだように、有名大学に進学した真弓。

でもそれは、自分のための選択肢を残すためにしたことだ。

「その選択の一つを、ぜひ聞いておきたいな」

「ふふ……それは、先生と結婚するってことです♪」

「え？　そうだったのか？　俺はてっきり、もっと大きな夢があるのかと……」

「それだってすごく大きな夢ですよ。ふたりで幸せに暮らすというのも、色々な未来の中の一つですから♪」

「ああ。確かにそうだな」

「だから……これからもずっと一緒ですよ♥」

「そんな可愛く言われたら、普通の男なら、一生大事にしたくなるじゃないかっ」

やはり真弓は男の扱い……特に俺の扱いが上手い。

「きゃあぁんっ♥」

再び抱きしめて、このぬくもりをずっと放さないと誓った。

そう、いつまでもずっと――。

あとがき

みなさま、ごきげんよう。愛内なのです。

憧れのスポットでもある風俗店。なかなか敷居は高いですが、それだけに夢が広がります。最高の嬢に出会えたならば、試したいことがどんどん浮かんできますね。本気のイチャラブすらも可能となれば、ハマらざるを得ないでしょう。

そんなヒロイン真弓ですが、エッチが好きな女の子はやはり、書いていてとても楽しいです。求め合う年の差エロをお楽しみください！

挿絵の「能都くるみ」さん。今回もありがとうございます。このテーマならではの色っぽさも上手く出ていて、嬉しいです。またぜひ、よろしくお願いいたします！

それでは、次回も、もっとエッチにがんばりますので、新作でまたお会いいたしましょう。バイバイ！

２０２２年３月　愛内なの

ぷちぱら文庫 Creative

ソープ行《い》ったら教《おし》え子《ご》のお嬢様《じょうさま》にご奉仕《ほうし》されました

2022年 4月28日　初版第1刷 発行

■著　　者　　愛内なの
■イラスト　　能都くるみ

発行人：久保田裕
発行元：株式会社パラダイム
〒166-0004
東京都杉並区阿佐谷南1-36-4
三幸ビル4A
TEL 03-5306-6921
印刷所：中央精版印刷株式会社

PPC280

許嫁の英国メイドが押しかけご奉仕！
ぷちぱら文庫
Creative 282
著：亜衣まい　画：能都くるみ
定価：本体810円（税別）
茂樹の許嫁として、イギリスからやって来たフランシス。その姿はなぜかメイドだった。一緒に学園にも通いつつ、家では奉仕すると言う彼女。だが、その完璧な見た目とは裏腹に、メイドとしての夜の奉仕はどこか偏っていた。それもそのはずで、彼女のイメージするメイドは、アニメの影響を受けていたのだ。金髪メイドとの甘々な同居生活は、まるで新婚夫婦のようになり…。
ご主人さま♥
秘密のご奉仕シテみたいデス♥

▼シリーズ既刊作品▼

学園メイド喫茶で
エッチなご奉仕を！
俺だけ味わう、
特別メニュー！
お願いします♥
学園文化祭にむけて、憧れの美少女まどかのために、勢いでメイド喫茶を引き受けることにした宏英。クラスメイトの女子達のなかでも、最高にメイド服が似合う彼女を見れば疲れも吹き飛ぶが、マネージャー業は思いのほか大変だった。それでも特権を利用して彼女との時間を作り、ふたりだけの時間を捻出すると、以外にもまどかのほうがエッチなことにも積極的で!?
ぷちぱら文庫
Creative 284
著：亜衣まい　画：能都くるみ
定価：本体810円（税別）